La grotte

Un roman de science-fiction

Richard G. Hole

La Grotte
Un roman de science-fiction

Richard G. Hole

Science-fiction et fantastique

SYNOPSIS

Toute tentative de rébellion était passible de mort.

Essayer de faire tomber l'apathie, employer un travail plus ou moins manuel pour la secouer, même légère, était la dernière douleur.

Les désintégrateurs.

Là s'arrêteraient les corps, dont il n'y avait même pas la moindre trace...

La grotte est une histoire appartenant à la série Science Fiction, une collection de romans de science-fiction et de fantasy

LA GROTTE

CHAPITRE I

Il détestait tout ça.

Il détestait Kronos, et il détestait aussi Alvia.

Alvia était grande, belle et aux yeux noirs.

Alvia était programmée pour aimer, avoir des enfants, vivre avec quelqu'un comme lui, ou mieux que lui.

Tout était programmé sur la Planète.

C'est pourquoi il détestait Kronos.

C'est pourquoi il détestait Alvia.

Ils vivaient tous les deux... végétaient, dormaient ou s'aimaient, mais rien de plus. C'était ce qu'était devenue sa Science.

Ce n'était pas comme ça dans le passé.

Kelf se souvint.

Il y a trois, quatre ou cinq mille ans, ce n'était pas comme ça.

Et leurs cellules ?

Qu'en est-il de la composition biochimique de votre corps ?

Détesté aussi ?

Oui, il n'y avait pas non plus d'autre réponse que celle-là.

Alvia avait la peau blanche et rose, Alvia était intelligente, la plus intelligente de la Galaxie I.

Beaucoup, mais pas assez pour pénétrer dans son cerveau informatique magnétique.

Il n'y avait que quelqu'un qui le surpassait, Kronos lui-même.

Il devait donc faire attention.

L'Être-Robot, ou le Robot-Être.

C'était l'inconnu.

Un scientifique avec plus de cinq mille ans d'existence, qui pouvait se déplacer d'ici à là, à son gré, à son gré, mais dont les mouvements étaient des automates car tout était contrôlé.

Même la capacité d'aimer ou de haïr.

Seule la haine, le cas échéant, était au-delà de la volonté de Kronos.

Une volonté qui détruisait la Planète.

Des "robots", des mutants, des machines partout.

Ils s'aimaient, buvaient, allaient au soi-disant cinéma ou théâtre..., avec des performances et des films contrôlés au cinquième de seconde.

Une heure pour commencer et une autre pour finir.

Programme pour déjeuner, dîner ou dormir.

Des champs vides et pleins de robots.

Ils faisaient et défaisaient à leur guise, semant, récoltant les récoltes, sans un seul échec.

Même l'eau dans les nuages était contrôlée.

Le reste, les êtres de la planète, végétaient dans les fauteuils au soleil, sur les plages, sous les arbres, s'aimant, se caressant, s'embrassant..., mais sans plus.

Le temps d'aimer, de dormir, de se réveiller... et de faire des balades, de longues balades, des balades infatigables, et puis d'aller s'allonger n'importe où.

Comme Frida et Volmen.

De là, je pouvais les voir.

A côté de la fontaine de la Grande Place Centrale, à l'ombre, étroitement embrassés... Des êtres qui ne servaient qu'à jouir.

Mais qu'ont-ils apprécié ?

Aucun problème.

Ils étaient... irréels, même si leurs ombres étaient projetées sur le sol.

Ils n'avaient pas de sentiments, pas d'idées propres, parce que Cronos s'était emparé d'eux.

Exactement comment cela lui est arrivé.

"Kelf, tu dois faire ceci ou cela" et il l'a fait.

"Alvia est très seule ce soir, va la voir, Kelf," et il le devait.

Des heures à aimer, à apprécier, à rire ou à chanter ; mais le tout sur commande expresse.

La Planète était envahie par l'apathie des êtres qui la peuplaient, et Kronos en avait été le principal architecte, bien qu'il soit également responsable en partie de ce qui s'est passé.

Peut-être le plus vieux.

Alvia savait aimer, mais son amour était contrôlé, et Kelf ne le voulait pas.

L'Être-Robot ou le Robo-Être.

C'était... l'inconnu habituel, qui lui sauta à l'esprit seconde par seconde, dès qu'il fut confronté à l'un de ces mutants.

Mais au fait, là-bas, sur la Planète, qui était le Mutant, le Robot ?

Les êtres qui l'ont peuplé, comme lui et Alvia, ou s'appelaient-ils des Robots, qui gouvernaient tout, gouvernaient leur vie et leur esprit ?

Toute tentative de rébellion était passible de mort.

Essayer de faire tomber l'apathie, employer un travail plus ou moins manuel pour la secouer, même légère, était la dernière douleur.

Les désintégrateurs.

Là s'arrêteraient les corps, dont il n'y avait même pas la moindre trace.

C'est pourquoi il détestait Kronos, et pourquoi il se détestait lui-même.

Alvia pourrait avoir des enfants.

Les Grands Docteurs de la Planète le lui avaient dit quand elle était partie vivre avec lui, mais Alvia n'en voulait pas.

Il n'aimait pas la lenteur du processus ou les inconvénients que cela lui causerait sans aucun doute.

C'est pourquoi il détestait Alvia.

L'échanger contre une autre, contre un autre être d'un autre sexe pour vivre avec lui ?

Il le pouvait, bien sûr, mais dans son rapport au Président, il devait donner certaines données, qu'il préférait garder pour lui.

Frida et Volmen s'étaient assis, le dos appuyé contre le mur de soutènement de la Grande Fontaine Centrale.

Ils se regardèrent dans les yeux.

Kelf consulta sa montre.

Il leur restait exactement quatre minutes et trente secondes, puis ils se levaient de là et, bras dessus bras dessous, commençaient à s'éloigner, faisant la promenade « habituelle » sous les arbres du parc.

Kelf savait que s'ils s'attardaient une fraction de seconde de plus que nécessaire, un être-robot leur enverrait un avertissement.

Le troisième, s'il venait, serait puni et, plus tard, si l'acte était répété...

« Qu'est-ce que tu regardes, Kelf ?

Lentement, il se détourna de la fenêtre, se tourna et lui fit face.

Alvia était belle et avait la peau...

Grande, avec des seins fermes, ou son équivalent, et ses jambes entièrement exposées, elle était parfaite, ou du moins Kelf le pensait.

Je lui souriais.

« À Frida et Volmen », répondit-il, coupant le fil de ses pensées ; fermant son esprit au sien, craignant qu'elle ne devine ce qu'elle pensait de Kronos, de l'avenir et d'elle-même. « Ils sont à la source.

"Un jour, ils feront une erreur" il s'arrêta, et s'approcha de lui, posant ses mains sur ses épaules, tandis que Kelf's se dirigeait vers sa taille, la tirant contre sa poitrine d'une manière presque irrésistible, et ajouta ": Quand vas-tu me prendre ? sous les arbres, Kelf ? Ils le font tous un jour ou l'autre, et toi et moi vivons ensemble.

« Mais vous ne voulez pas d'enfants.

"Je les déteste.

Et l'embrassa, contrairement à ses paroles.

Kelf ne dit rien.

Ses lèvres s'ouvrirent sur les siennes, et il rendit doucement la caresse d'Alvia. Puis il la sépara de ses bras.

« Kronos veut te voir, Kelf » dit-elle dès qu'elle l'eut fait.

"Pour quelle raison?

« Kronos ne donne jamais d'explication. Il commande et nous obéissons.

"Oui je sais. Et toi...?

"J'attendrai" elle le regarda pensivement et ajouta, après quelques ou trois secondes de silence, "Je pense que pendant quelques heures, nous allons devenir incontrôlables.

« Et vous n'aimez pas ça, n'est-ce pas ?

"Ne pas.

"Pourquoi?

« Vous essayez de me forcer, lorsque cela se produit. Le temps ne compte plus pour toi, quand il s'agit de moi.

« Et tu ne veux pas d'enfants ?

"Tu le sais, Kelf" répondit-elle. Alors pourquoi demander toujours la même chose ?

Kelf sourit.

Peau blanche, rosée, ambrée...

« Je pourrais te forcer. Une plainte à Kronos...

Elle s'approcha de lui, ondulant.

"Tu ne feras pas ça, Kelf" murmura-t-elle, ses mains déjà sur son cou, ses lèvres le chatouillant. Vous ne le ferez pas.

« Pourquoi ? répéta Kelf comme un automate.

Alvia a arrêté de l'embrasser, a pris du recul et a répondu

« Tu m'aimes..., et ça te perd, ma chérie. Allez, vas-y, et ne le fais pas attendre. Kronos serait contrarié.

Kelf savait que c'était vrai.

Cela ne le dérangeait pas, ni un peu, ni trop, mais il ne voulait pas que cela se produise, pas pour le moment.

Il se retourna et, sans répondre, s'approcha d'un des murs ; le panneau glissa tout seul, et devant lui, lui laissant suffisamment d'espace pour entrer.

Il le fit, et silencieusement sur ses rails invisibles, il se referma derrière lui, et Kelf se vit là où il s'était vu d'innombrables fois.

Le Grand Navire Central de Kronos.

Long et large, incommensurable, avec sa propre lumière qui semblait venir de partout, et en même temps de nulle part.

Double rangée de mutants, de Robots-Êtres, silencieux, manipulant le mécanisme compliqué du vaisseau.

Des boutons, rouges et blancs, innombrables, infinis comme le nombre lui-même, des écrans qui s'allumaient qui s'éteignaient, roulaient sur des roues, des engrenages, des magnétophones, mais en silence, en silence d'outre-tombe.

Il commença à avancer parmi les Êtres-Robots qui se tournèrent pour le regarder aussi silencieux que la machine elle-même, et il s'approcha du panneau de commande général et, avec la main de l'expert, commença à manipuler.

Devant lui, l'écran de télévision s'éclaira et il demanda :

" Tu m'as appelé ?

Et la réponse était :

— Tu as quinze secondes et trois dixièmes de retard, Kelf, et je n'aime pas ça.

« Oui, je sais. Désolé, cela ne se reproduira plus.

Mais il mentait, et cela, Kronos ne le savait pas.

« C'était Alvia ?

« Non, ce n'était pas elle. Je me suis retardé.

« Vous mentez, Kelf ! C'était Alvia.

Cronos le savait.

Kelf se raidit, se demandant s'il ne savait pas tout le reste aussi, tout ce qu'il pensait du système planétaire.

"Oui, c'était elle" répondit-il, plus que tout pour briser ce silence qui pouvait encore sembler bien plus suspect que s'il continuait à parler.

"Bien. . . Alvia, Kelf. Cela vous donnera des enfants.

Il n'a pas voulu le contredire et a répondu par un seul mot, qui était à son tour toute une question :

« Y... ?

Cronos tarda à répondre.

— Quelque chose ne va pas, Kelf.

Ses muscles se tendirent comme des câbles d'acier.

« Qu'est-ce qui ne fonctionne pas...?

« Quelque chose en moi est défaillant.

Il fronça les sourcils.

« Explique toi, veux-tu ?

« Quelque chose dans mon esprit, tu comprends ? Des idées qui veulent y pénétrer et qu'elles ne peuvent pas. Cela n'est jamais arrivé, et vous le savez.

"Et bien...?

« Ce soir, tu devras venir ici. Qu'Alvia vous accompagne.

"Pour quelle raison?

« Il faut tout vérifier. Les circuits, les alarmes et... tout.

« Puis-je le faire seul ?

— Alvia t'accompagnera, Kelf. C'est mon souhait. Je veux la voir à côté de toi.

"C'est bon. Alvia va m'accompagner" répéta-t-il comme un automate.

« C'est bien, Kelf.

Il ne répondit pas pour le moment, il jeta juste un long regard sur la double rangée d'Êtres-Robots et, regardant déjà à nouveau Kronos, il demanda :

« Ils resteront pour m'aider, n'est-ce pas ?

— Tu le feras tout seul, Kelf. Je ne veux personne d'autre, fouillant à l'intérieur de la machine, des circuits, des ordinateurs, des...

Kelf fit semblant de l'écouter, mais il ne l'était pas.

Pensait.

Ce soir, il pourrait.

Il n'y aurait pas d'autre occasion, pendant longtemps.

"： ... et maintenant que tu sais ce que je veux, va-t'en, Kelf. Alvia t'attend. Elle a hâte de te ramener à la maison.

N'a pas répondu; s'il l'avait fait, il aurait sûrement éclaté de rire.

Il était un créateur et il allait détruire.

C'était tout.

Devant ses yeux, l'écran devint noir, puis, sans une seule hésitation, Kelf se tourna et se dirigea vers la sortie.

CHAPITRE II

Elle venait de la cuisine ou de son équivalent, et elle s'approchait de lui, souriante, fascinante, consciente de son pouvoir sur les êtres du sexe opposé.

Des Êtres-Robots, comme elle et comme lui.

Kelf savait ce qui allait se passer ensuite.

Exactement comme les autres fois.

La jupe blanche semi-métallique et les longues jambes nues parfaites.

Elle ne cessait de le regarder, continuant à lui sourire désirable, comme pour donner ou rejeter. De celle de ce dernier Kelf, il n'en était jamais sûr.

Il se débat avec lui-même, non pas pour se lever et courir vers elle pour la serrer dans ses bras, mais pour ne pas regarder les deux verres qui étaient à côté de lui, sur la table.

— J'ai fini, Kelf.

Elle était très proche de lui quand il l'a fait et il a tendu une de ses mains et l'a prise dans la sienne.

Alvia s'assit sur ses jambes et ils s'embrassèrent.

« Est-ce que tu m'aimes, Kelf ?

"Oui et vous ?

"Trop.

Il caressa une de ses jambes nues.

"Cependant..." commença-t-il,

Alvia le coupa court en fronçant les sourcils.

— Allons-nous revenir à la même chose, Kelf ? "Je demande.

Et il y avait du dégoût dans sa voix.

« Ce soir, répondit-il, nous irons voir Kronos.

"Oui, je sais" répondit Alvia, avec un calme parfait ", mais tu ne le lui diras pas. Tu ne peux pas.

« Vous êtes très sûr.

Il la vit sourire, puis sa question le surprit :

« Quel âge as-tu, Kelf ?

La regardant avec étonnement, il répondit :

« Millennials, Alvia, et je ne vous mens pas.

"Je sais. C'est là que nous ne nous ressemblons pas. Votre constitution biologique est différente de la mienne.

"Que veux-tu dire?

« Quand je serai une vieille femme pleine de rides, méconnaissable, vous continuerez de la même manière. Tu n'es pas mortel, Kelf.

« Est-ce une raison ?

"Est l'un d'entre eux. Les autres je vous ai déjà expliqué.

"C'est insuffisant.

"Il y a ces millénaires... qui ne t'ont servi à rien, si tu ne vois pas ce que je veux dire" il hésita un peu, sans que Kelf ne dise rien et, soudain, il jeta ses bras autour de son cou " : Oh , Kelf ! Je t'aime... Je t'aime tellement tu sais Malgré tout...

Alvia elle-même s'interrompit en pressant ses lèvres contre ces autres qui d'abord lui semblaient froides et qui prenaient soudain une soudaine chaleur, alors qu'elle se sentait retenue par les bras puissants qui l'énervaient.

Quand ils se séparèrent, cela dura plus d'une longue minute, et il fallut encore plusieurs secondes avant que Kelf ne réagisse, les aimant tous les deux, tandis qu'elle gardait un de ses bras roses et galbés autour de son cou.

« Tiens, Alvia » dit-il en lui en offrant un. Nous allons boire, et aussitôt nous partons.

Il la prit en souriant.

"Pour toi, Kelf" dit-il pendant une seconde avant de le porter à ses lèvres.

Elle buvait et Kelf l'imita froidement.

Il y eut une seconde d'attente, peut-être deux, et soudain, la tête d'Alvia s'inclina d'un côté, et l'homme la tint pour qu'elle ne tombe pas par terre.

Et avec elle dans ses bras, et il s'approcha de la chambre, la posa doucement sur le lit, se retourna et atteignit le seuil de la porte.

Il ne la regarda pas.

Il la détestait et à ce moment-là la Planète, le destin de la planète, son destin futur, comptait bien plus qu'Alvia.

Quand il se réveillerait le lendemain, il trouverait CHAOS.

Les Robots-Êtres seraient au sol, pour ce qu'ils étaient, des poupées de métal, d'acier ou leur équivalent, brisées, désarticulées, sans vie... qui ne leur reviendraient plus car Kronos serait mort.

Le terrible CHAOS.

Civilisation détruite... mais cette civilisation, et non les Robots-Êtres.

Ils vivraient, devraient-ils penser, se débrouiller par leurs propres moyens, et la Planète, lentement, dans des décennies, dans de longues décennies, retrouverait sa fraîcheur, la vie active qu'elle avait déjà il y a des millénaires.

De fraîcheur et de vie, et non de mort lente, comme c'était le cas à cette époque.

Sans paresse, sans apathie, et sans tant de choses qui le consumaient lentement.

Il s'en remettrait. Je sortirais du CHAOS.

De cela, Kelf en était tout à fait sûr.

Il quitta la chambre et commença à traverser de l'autre côté de la grande salle, vers la porte qui donnait sur la rue.

Il n'est pas arrivé.

Un bourdonnement bas, mais long et monotone, l'arrêta, comme s'il s'était soudain enraciné dans le sol.

Cronos !

Il a regardé sa montre.

Non, ce ne pouvait être Cronos qui l'appelait à cette heure-là, puisqu'il n'y avait pas de retard dans son départ.

Tout avait été mesuré, contrôlé au millième de seconde.

Non, bien sûr, ce n'était pas Kronos.

Alors qui ?

Le bourdonnement persistait, et Kelf savait qu'il ne s'arrêterait pas tant qu'il n'aurait pas décroché le genre de combiné, caché derrière un petit panneau sur le mur.

Il s'avança à grands pas, le tira en arrière et appuya sur l'un des boutons.

Devant ses yeux, une lumière rouge a clignoté rapidement, puis elle s'est fixée, et presque immédiatement, il a entendu la voix.

Méconnaissable, rêche, un peu rauque, mais avait néanmoins des nuances familières.

« Kelf... ?

"Oui qui es-tu ?

" Ça n'a plus d'importance maintenant. Ecoute-moi, s'il te plaît " il y avait de l'angoisse dans la voix, une angoisse infinie. " Ne le fais pas, tu comprends ?

« Qu'est-ce que je n'ai pas à faire ?

« Ne le fais pas jusqu'à ce que je parte. S'il vous plaît... ce serait horrible pour vous. Très horrible. Quelque chose qu'il n'oublierait jamais. Ne fais pas ça. Répondre.

Kelf, fronçant les sourcils et un peu nerveux, lui demanda :

"Où es-tu ?

"C'est une longue distance" sembla se noyer. Sur l'autre continent. Il lui a parlé à partir de là. S'il te plaît, Kelf, ne fais pas ça ce soir.

De nouveau, il hésita.

Un fou ?

Cela pourrait être ou peut-être pas.

Dans le doute, Kelf a répondu : je n'essaie pas de faire...

La voix de l'autre côté l'interrompit :

« Je vais prendre un avion-fusée, tu comprends ? Je serai là dans environ sept ou huit heures et nous parlerons. Je... je ne peux et ne veux pas vous l'expliquer par ce moyen, vous ne me croiriez pas.

L'ampoule rouge devant ses yeux s'est éteinte et Kelf s'est rendu compte qu'il avait coupé la communication.

Il ferma le panneau et se tourna pour regarder la porte de la chambre.

Alvia continuait à dormir, elle continuerait ainsi jusqu'au lendemain... et peut-être... peut-être qu'ils ne se reverraient plus jamais.

Du moins, non, dans cet état de choses.

Un fou?

Il haussa les épaules et regarda à nouveau sa montre.

Il faudrait qu'il se dépêche.

Il est sorti dans la rue, bien armé.

Personne ne t'inscrirait

En tant que grand scientifique de la planète, il avait la pleine confiance du président et de Kronos lui-même.

Kronos... celui qu'il voulait détruire, celui qu'il allait détruire la nuit même, et c'était paradoxal.

Il a marché sur le large trottoir, et instantanément une voiture robot s'est arrêtée à côté de lui, et la porte correspondant à ce côté s'est ouverte pour le laisser entrer dans le véhicule.

Kelf le fit, s'installa sur la banquette arrière, et la voix froide et métallique de la machine demanda :

"Où est Alvia, Kelf ? Kronos m'a dit qu'elle venait avec toi aussi.

Kelf sourit.

« Le dîner était mauvais pour lui, et il ne peut pas le faire. Kronos lui-même appellera le médecin.

« Kronos ne va pas aimer ça.

"Je sais," répondit Kelf avec un calme parfait. Tu me prends ?

Il n'y eut pas de réponse, mais la machine se dirigea vers le quartier général de Planet.

La Grande Fontaine Centrale, maintenant illuminée, et Kelf, la voyant, pensa à Volmen et Frida.

Peut-être qu'ils seraient contents de ce qu'il allait faire ce soir.

Il descendit de la voiture-robot devant la Grande Porte et, les yeux fixés sur les six robots qui formaient la garde, commença à gravir les marches, blanches et luisantes, brillantes, d'un matériau préfabriqué expressément à cet effet.

Des êtres-robots qui lui faisaient respectueusement place en lui disant « bonne nuit » avec leurs voix égales, programmées, métalliques et froides de machines vivantes.

Des Robots-Êtres qui cette nuit-là finiraient leur garde d'une manière très différente de l'habituelle, puisqu'à ce moment-là l'Être-Robot aurait atteint le point culminant d'un fait, pour regagner l'Être, au sein de la Planète.

Il franchit la porte en répondant au « bonsoir » et, sans tourner une seule fois la tête, sans hésiter également, il se dirigea vers la pièce où il se trouvait avec Alvia cet après-midi-là, puis, tout droit vers le panneau qui était reculé pour un côté pour céder.

Quatre secondes plus tard, Kelf se retrouva face à Kronos.

La chambre vide, sans âme.

Sans un son, même si ses milliers de mécanismes continuaient de fonctionner avec une précision solaire.

"Tu es arrivé à l'heure, Kelf" fut ce qu'il dit pour toutes les salutations. Et Alvia ?

« Le dîner était mauvais pour lui et il ne pouvait pas venir.

Il y eut un silence, qui parut long et lourd, qui la rendit nerveuse.

Kronos l'a cassé après cette date, avec une nouvelle question :

« Pouvez-vous le faire vous-même ?

Sourit.

"Ce n'est pas la première fois", a-t-il déclaré.

« Oui, je sais, mais Alvia... J'aime la voir par ici. Alvia est belle, Kelf, et personne ne le sait mieux que toi "et il ajouta, brusquement," Par où vas-tu commencer ?

« Par les circuits d'alarme.

"Plus tard...?

« Les extra sensoriels, et si je ne trouve pas la faute, je vais devoir creuser dans ton esprit.

"Je connais.

"Puis...

Un nouveau silence suivit, mais celui-ci fut beaucoup plus court que le précédent.

Kronos le coupa, comme toujours :

"Déplacez-vous, Kelf. J'ai hâte d'en finir. C'est comme si mes entrailles voulaient m'avertir de quelque chose, et je ne pouvais pas ... et je n'aime pas ce sentiment.

Kelf recula un peu et son regard parcourut l'ensemble de l'installation, l'ensemble du complexe automatisé.

Avec les yeux de ce qu'il était, d'un expert.

Finalement, Kelf commença à marcher vers le fond du Grand Navire.

Il y était presque quand l'alarme se mit à sonner.

Doux d'abord, plus fort plus tard, puis son son s'est propagé à travers Planet First City, le secouant jusqu'à ses fondations.

Il se retourna juste au moment où le rire sarcastique de Kronos parvenait à ses oreilles, et ses mots :

« Tu vas mourir, Kelf. Abandonnez-vous sans résistance.

Le long bateau devant lui, tout éclairé, silencieux comme toujours, les milliers d'engrenages qui tournent et tournent... et les ampoules qui s'éteignent, qui s'allument, mais vides.

Kelf n'hésita pas.

L'arme en main, une étrange arme plate, petite mais puissante, car ses effets étaient dévastateurs, il courut vers la sortie.

Le rire de Kronos s'enfonça profondément en lui, au moment même où le panneau glissait sur le côté pour le laisser passer et il se refermait de la même manière, derrière lui, dès qu'il l'eut fait.

Le couloir.

Silencieux, sombre bien qu'illuminé comme le navire qu'il venait de quitter.

Le virage.

Kelf continua de courir.

La Grande Porte.

La sortie.

Là, les six Êtres-Robots l'attendraient, avec l'ordre exprès de le tuer.

Il continua à courir jusqu'à s'arrêter avant d'y arriver, haletant, en sueur, ses poumons sur le point d'éclater de sa bouche.

Il l'ouvrit comme un poisson hors de l'eau.

Il était piégé.

Kronos savait tout depuis le début, et c'est à ce moment-là, en arrivant à cette conclusion, qu'il se souvint de l'appel de cette nuit-là.

Qui...?

Pourquoi n'as-tu pas fait attention ?

Autour de lui, le silence était plus menaçant que le rire fantomatique de Kronos et la présence de tous les Robots-Gardiens de la Grande Maison, et de la Planète.

Il pensa à Alvia.

Alvia, qui allait dormir, victime de la drogue qu'il lui a donnée, mêlée au verre d'alcool.

Il détestait Alvia.

Il méditait sur elle, sur cet appel, hésitant entre sortir ou rester là jusqu'à ce que la Grande Porte s'ouvre pour leur céder le passage, pistolet en main à hauteur de hanche.

Jusqu'à ce qu'il prenne une décision soudaine.

CHAPITRE III

Son cœur avait cessé de battre avec cette force terrifiante qui le fit s'arrêter le dos contre le mur.

C'était le moment.

Kelf s'écarta, jeta un coup d'œil dans le couloir derrière lui, vers le virage qui lui cachait tout le reste.

Lentement, il se mit à marcher.

Il faisait la Grande Porte, remarquant comment, une fois de plus, et que maintenant il ne courait plus, son front se mit à transpirer.

Un pas, deux, trois, même quatre, ne se plaçant pas au centre du couloir, mais frôlant le mur à sa gauche, et soudain, comme pour obéir à un ordre silencieux, la Grande Porte s'ouvrit, et alors il vit, quelques secondes avant qu'ils ne le voient et il n'a pas hésité.

A appuyé sur la gâchette.

Il y eut un faible bruit, et deux des Êtres-Robots s'envolèrent en fumée, après un éclair bleu qui l'aveugla presque.

Kelf se jeta au sol, tandis que les quatre autres tiraient sur lui.

Le mur derrière son dos fit un déclic, et un nuage de gravats en tomba de long en large, alors qu'il se retournait sur lui-même, et la voix de Kronos se fit entendre dans toute la planète :

« Je le veux vivant, connards. Ajustez vos armes.

C'était une erreur.

Kelf l'a compris ainsi.

Une erreur d'un millième de seconde, mais il l'a compris en beaucoup moins de temps, dans quelque chose d'infiniment plus petit, et il a agi comme tous les quatre levaient leurs armes, non pour le désintégrer, le transformer en poussière, mais les ajustant ainsi pour ne pas le tuer.

Un de ces rayons frappait son corps, il tomberait au sol, privé de connaissance, et ce qui viendrait plus tard serait peut-être bien pire que la mort elle-même.

Il ne les a pas laissés faire.

Pendant quatre fois consécutives, il envoya les rayons, et l'odeur pénétrante et désagréable des câbles et circuits brûlés, parvint à ses narines au moment précis où se tordant sur le sol, entre des étincelles de feu, il disparut de sa vue.

La Grande Porte était ouverte devant lui.

Kelf y a couru.

La rue.

Il descendit les marches, regardant autour de lui, alors que l'alarme sonnait à nouveau, disant aux habitants de la Grande Cité qu'un être-robot s'était échappé de Kronos.

J'étais seul.

Il ne pouvait même pas rentrer chez Alvia, malgré sa haine pour elle.

Ce serait là qu'ils le chercheraient d'abord.

Peut-être étaient-ils déjà à côté d'elle, l'attendant.

Kronos aurait tout prévu, même dans le cas où il pourrait s'échapper de la Grande Maison.

Il atteignit le coin.

Seulement.

Il était complètement seul dans la Grande Ville.

Personne n'ouvrirait une seule porte ou ne tendrait la main pour l'aider, sachant ce que cela signifierait pour celui qui l'a fait.

Il se mit à marcher, les doigts crispés sur le pistolet, cherchant une issue en direction des quartiers extrêmes.

Frida et Volmen.

Eux non plus.

Seul, complètement seul.

Kronos a juste dû attendre un peu plus longtemps pour le traquer.

Très peu d'autre.

Au-dessus de sa tête, la noirceur du ciel, et les étoiles dans leur inexorable marche dans l'Univers.

Ci-dessous, la Grande Cité et le piège mortel qu'elle représentait désormais pour lui.

Kelf arriva au coin.

Il l'a plié, et comme il l'a fait, il les a vus.

Deux, qui se sont séparés l'un de l'autre dès qu'ils l'ont vu, et juste au moment où il plongeait la tête la première au sol.

La foudre passa très près de son corps, s'écrasa contre le mur de la maison derrière lui, sans produire le moindre bruit ni laisser la moindre trace, alors il comprit, sans aucun effort, que l'ordre de Kronos, avec Concernant qu'il le voulait vivant, il avait atteint tous les Gardiens de la Planète.

Il a tiré, deux fois, après avoir sauté vers l'un des portails, et l'éclat des deux a illuminé toute la ruelle sombre où il se trouvait à ce moment-là.

Kelf se mit à courir.

Frida et...

Il ne termina pas sa réflexion car à ce moment il la vit, sur le trottoir, courir vers lui avec la longue chevelure flottant derrière elle.

Frida était aussi brune, et ses yeux étaient grands et bridés, bruns, très foncés.

Frida était aussi belle et il l'aimait bien, mais il ne pouvait pas la mélanger là-dedans.

"Viens" dit-il, atteignant à peine son côté "; viens, viens avec moi.

Il lui prenait la main, le tirait.

Il a résisté.

"Je ne peux pas venir avec toi, Frida" dit-il.

"Viens" répéta-t-elle. Je vais t'emmener dans un endroit sûr.

"Je ne peux pas. Je ne veux pas que tu le fasses... Par contre, je ne peux pas aller chez toi. Ils me chercheraient là-bas, et Volmen n'aimerait pas ça. Et Kronos. Il finirait avec toi comme

Frida l'interrompit :

— Volmen ne compte pas là-dedans, Kelf.

"Mais...

« Nous vivons, mais rien de plus. Je ne l'aime pas et il le sait. Kronos commande, et nous obéissons, mais rien de plus,

Il tira de nouveau sur sa main et Kelf fit un geste de résignation.

Un endroit sûr, c'était ce dont il avait besoin, et Frida l'avait promis.

Il se mit à marcher, sans qu'elle le lâche, et en quelques minutes il sut qu'il le ramenait chez lui, dans la demeure qu'il partageait avec Volmen.

"Frida...

« Oui ? Et elle a penché sa belle tête brune pour le regarder.

« Volmen ne veut pas me laisser entrer.

"Il n'est pas à la maison. Il ne viendra pas toute la nuit.

"Même ainsi, les êtres-robots...

« Ils ne vous trouveront pas. Vous et moi irons, comme je vous l'ai dit, dans un endroit sûr. Vous ne resterez pas longtemps dans la maison. Juste quelques minutes. Allez, Kelf, je ne te trompe pas " il s'arrêta, marchant toujours, sans lâcher sa main et demanda " : Et Alvia ?

"Dormir.

"Comment est-ce possible...?

« Je vous en parlerai plus tard.

Domicile.

Ce fut quelques minutes après avoir fini de parler que Kelf se retrouva devant sa porte.

A côté de lui, Frida lâcha la main, fit quelques pas en avant et ouvrit la porte.

"Entrez, Kelf" dit-il dans un murmure.

Il franchit le seuil.

Et il ne remarqua même pas les endroits où elle le menait jusqu'à ce qu'il s'arrête au centre de sa propre chambre.

« Attends-moi ici, Kelf.

"Où allez-vous ?

Il lui sourit.

Ses dents étaient parfaites.

Une bagatelle, à voir ça et dans de telles circonstances, mais Kelf l'a fait de cette façon.

« Vous cherchez de la nourriture, Kelf. Nous devrons peut-être rester ensemble pendant un certain temps.

C'était la question obligatoire, et il la posa :

« Et Volmen ?

«Ça ne compte pas là-dedans. Je te le dirai dehors.

Il n'attendit pas de réponse, il se retourna et la vit disparaître dans l'une des pièces.

Il a fallu quelques minutes pour revenir et il est venu entièrement chargé de colis.

« Aide-moi, Kelf » a-t-il demandé.

Et il l'a fait.

Lorsqu'elle eut fini, Frida se pencha, repoussa le tapis qui se trouvait au sol et put voir la trappe qu'elle souleva ensuite.

Un escalier.

« Vous descendez en premier.

Il a commencé à le faire sans répondre, sans rien demander, et elle a emboîté le pas, la fermant ensuite.

Ténèbres.

Kelf commença à sentir les pas, juste au moment où Frida braquait une lampe de poche sur eux.

Un coureur.

Kelf continua, la sentant à ses côtés, le cliquetis gracieux de ses chaussures sur le sol dur et, plus que toute autre chose en soi, sa présence féminine et tout ce qu'elle représentait pour lui, à tout moment.

Les heures

Kelf n'a jamais su, mais soudain le couloir s'est terminé, se fermant devant ses yeux avec ce qui semblait être de la pierre vivante.

Il se tourna pour la regarder.

Frida lui souriait.

« Il y a une issue.

"Oui...?

« Kronos ne le sait pas, mais je suis sûr qu'ils trouveront ce passage, seulement quand ils le feront, nous ne serons pas là.

Elle s'approcha du mur, lui tournant le dos, et pour la première fois depuis qu'elle avait trébuché cette nuit-là, les yeux de Kelf se posèrent sur ses magnifiques jambes, qui étaient presque complètement exposées par la jupe très courte.

Un buzz.

Il fut surpris et cessa de la regarder pour, d'une manière complètement mécanique, tourner les yeux vers le rocher qui bloquait son chemin.

Il se précipitait sur le côté, tout comme le panneau derrière lequel se cachait Kronos.

"Allez, Kelf" dit-elle, brisant ses pensées en mille morceaux. Il faut passer de l'autre côté, ou ça va se refermer et maintenant... on ne pourra ouvrir que quelques heures plus tard. Fonctionne !

Il le fit, la prenant par la main, la tirant comme il l'avait fait auparavant.

L'autre côté.

Je regarde.

Des rochers, des arêtes vives, des buissons, des arbres, la lune, les étoiles, la montagne.

Je demande:

Où est la grande ville ?

Frida a ri.

"Derrière cette montagne même, Kelf" répondit. Et ne t'arrête pas, on ne peut pas rester ici longtemps.

Il ne répondit pas et se mit à marcher, la conduisant, comme toujours, à ses côtés.

Un chemin entre les rochers.

"Je l'ai découvert par hasard", a-t-elle expliqué.

« Avec Volmen ?

"Seul. Un plaisir de faire des promenades que Kronos ne contrôle pas. Et croyez-moi, Kelf, la plupart des habitants de la Grande Ville le font.

« Pourquoi ne se rebellent-ils pas ?

« Ils ont peur de mourir. Comme moi, comme toi... et aussi comme Kronos. Le plus que n'importe lequel d'entre nous. C'est pourquoi il ne laisse personne s'approcher de lui. C'est leur triomphe contre le tien, Kelf. Contre l'Être qui...

« Laisse tomber ça, veux-tu ?

« Oui, bien sûr, je ne voulais pas vous déranger. On y va ?

"Oui.

Ils marchèrent le long du sentier rocailleux, ne laissant aucune trace de leur passage, jusqu'à ce qu'il se termine brusquement, au détour d'un virage, et Kelf se retrouve face aux masses de granit et de basalte de la montagne.

Il regarda en arrière.

Au loin, il lui sembla distinguer les clartés d'un jour nouveau.

"Ce sera bientôt l'aube, Frida" commenta-t-elle, voulant briser le silence qui les entourait de quelque manière que ce soit.

elle n'a pas répondu

De nouveau, elle lui avait tourné le dos, manipulant l'ombre de son splendide corps d'être jeune et belle, et le bourdonnement se répétait.

Le rocher bougeait devant ses yeux.

Le trou, grand, presque autant voire plus que la Grande Porte du Quartier Général du Président de la Planète et de Kronos.

Et la petite main bien soignée de Frida entre les siennes

"Entrez, Kelf" invité ", ici nous serons en sécurité.

Il pensa à Volmen, mais ne prononça pas son nom, ne souhaitant plus le faire.

Ils entrèrent, marchant illuminés par l'espèce de lanterne sourde que Frida portait dans ses mains et Kelf pouvait voir au-dessus de sa tête à une hauteur énorme à certains endroits, les stalactites au plafond, qui lui racontaient le passé.

D'un marié de siècles.

Ils ont continué à descendre vers les entrailles de la Planète jusqu'à ce que, également d'une manière soudaine et abrupte, la descente soit terminée.

La grotte.

Là, il formait une sorte de place grandiose, et autour d'elle, plusieurs autres bouches, à l'entrée d'autant de grottes.

"Nous pouvons entrer dans celui-là, Kelf," dit-elle. Ce sera suffisant pour nous deux.

"N'a pas répondu.

Ils passèrent de l'autre côté, silencieusement, entrèrent, et la lumière brillait.

Kelf la regarda avec étonnement.

— J'installe tout ça depuis des mois, Kelf.

"Pour quelle raison?

« Comme une retraite.

"Pour toi?

"Oui.

Je ne pouvais pas voir son visage.

Il laissait tomber les paquets par terre, et Kelf, attendant la réponse, lui emboîta le pas.

"Seule?

"Ne pas.

« Avec un autre Être de sexe différent ?

"Oui. Une escapade... avec toi, Kelf. Je le veux toujours. Je t'aime, tu sais ?

C'était aussi simple que cela, finir de placer les derniers paquets sur le sol rocheux.

Puis il se redressa, et ils se retrouvèrent face à face, très proches l'un de l'autre, se touchant presque.

« Puis-je le croire, Frida ?

« Oh, Kelf... quoi... quelle belle folie... !

Et elle se jeta dans ses bras, cherchant ses lèvres avec un feu qui menaçait de tout consumer.

C'était du moins le sentiment que Kelf ressentit alors qu'il commençait à lui rendre la pareille.

Puis bien plus tard, la tête appuyée sur ses cuisses nues, alors qu'elle était assise par terre, le dos contre le rocher, Kelf ferma les yeux.

Il était très fatigué, énormément fatigué.

S'endormir.

Sur son visage, les lèvres rouges sensuelles de Frida souriaient alors que ses yeux brillaient avec une force inhabituelle.

Il avait tenu dans ses bras Kelf, l'homme pour qui il commençait à haïr Alvia, et qui dormait maintenant comme un enfant, faisant totalement confiance en elle.

Et il aimait le sentiment qu'il éprouvait.

CHAPITRE IV

Il ouvrit les yeux.

Sa tête reposait sur les cuisses serrées de la fille, et elle somnolait, la sienne appuyée contre le mur.

Kelf commença à bouger doucement, ne voulant pas la réveiller, ne se demandant même pas comment cela s'était passé entre eux deux.

Il s'assit par terre, et se vit instantanément devant les yeux de Frida, qui le regardait avec un sursaut.

"Kelf..." s'exclama-t-il, "Oh, Kelf ! Ne pars pas, je ne veux pas que tu partes, tu comprends ? Je ne veux pas non plus être tué.

Il passa ses bras autour de son cou et l'embrassa une fois de plus.

"Je ne partirai pas", a-t-il dit.

Elle l'a libéré.

"Vraiment?

-C'est vrai" répondit-il", mais un jour ou l'autre il faudra que je le fasse.

"Ne pas!

C'était presque un cri, mais Kelf fit semblant de ne pas l'avoir entendu.

« Je dois le faire, tu comprends ?

Et tu mourras. Votre corps va disparaître sans partir...

« Cela peut arriver, Frida ; Je le sais aussi, mais j'aime Kronos, et je vais l'achever.

« Je sais tout ça, Frida, et parce que je sais, je le veux.

"Tu... tu...

Elle se leva et Kelf lui emboîta le pas.

"Tu es le premier que j'aime vraiment. Tu as compris?

"Oui.

« Eh bien, comprends aussi que je ne veux pas te perdre.

« Rien de tout cela n'arrivera, mais je dois sortir.

"À présent?

"Non." Il a regardé sa montre.

Dix, sept secondes et quatre dixièmes.

Kronos l'avait arrangé de cette façon aussi, à la milliseconde près.

Jour ou nuit?

Kelf se posa la question, alors qu'elle répondait déjà :

« Écoute, Kelf, dit-il ; Je veux rester avec toi. Vivre avec toi. Kronos t'a assigné à une autre femme...

"Je connais.

"Vous l'aimez?

"Ne pas.

« Moi ni Volmen. Et c'est une autre des choses que je t'ai dites aussi. Et maintenant? Qu'est-ce que tu vas faire?

« Sortez, Frida, mais pas maintenant.

« N'y a-t-il pas d'autre moyen de... ?

"Non, il n'y en a pas.

Plus près encore, à tel point que Kelf sentit la chaleur de son corps contre le sien, Frida répondit :

"Je ferai.

"Ce...?

— Écoute, Kelf, je sors bientôt et tu m'attendras.

"Pour quelle raison?

« Volmen, entre autres. Je ne veux pas que vous commenciez à me chercher et que vous portiez cela à l'attention de Kronos. S'il le fait, il nous racontera, d'une manière ou d'une autre.

"Cela va arriver.

« Je sais, mais d'ici là, il sera peut-être trop tard.

« A part Volmen, Frida, que comptez-vous faire ?

— Essayez de savoir des choses, Kelf. Des choses qui peuvent être importantes pour vous.

« Ce serait dangereux » il la regarda de la tête aux pieds, et ajouta : « Par contre, après ce qui s'est passé entre nous, je ne veux pas que tu retournes à Volmen.

— Il ne veut pas de moi, Kelf, tu peux en être sûr. Nous savons tous comment faire les choses d'une manière qui... que... Il ne s'en rendra pas compte, mais je ne serai plus à lui. C'est une promesse.

« Quand le ferez-vous ?

« J'ai faim » répondit-elle, plus prosaïque que Kelf « Donc, pas avant le déjeuner ou le dîner. J'ai perdu, avec le rêve, la notion du temps.

Il prépara la nourriture, froide, qu'ils dévorèrent en silence.

Quand il eut fini, Frida se leva,

« Quelle heure est-il ? » je demande.

"Onze heure et demi.

Elle se rapprocha de l'entrée de la grotte et Kelf la suivit.

"Tu reviendras...?

Elle s'est tournée pour le regarder.

Il lui souriait.

« Vous attendez-vous au contraire ? demanda-t-il à son tour.

"Je sais pas.

N'a pas répondu.

Je veux dire, il ne l'a pas fait, mais il a dit :

« Viens, je vais te montrer les ressorts.

Kelf la suivit.

Une demi-heure plus tard, il était parti.

Il consulta sa montre tandis que la grande masse rocheuse se refermait derrière lui, et il revint sur ses pas.

Je devais réfléchir.

Kronos, les rampes de lancement ; mais je ne pouvais pas le faire, pas sans aide.

Frida...

Je me suis souvenu.

Heure après heure, jusqu'au moment où il dut lui-même préparer quelque chose à manger, qu'il dévora matériellement.

Puis heure après heure ; vingt en tout.

Frida ... qu'elle n'est pas revenue, qu'elle ne reviendra peut-être plus

Il devait sortir de là et réessayer.

Volmen... Eh bien, Volmen ne l'aiderait pas, personne ne le ferait, dans la Grande Ville.

Vingt heures, pendant lesquelles Kelf scruta la grotte centimètre par centimètre, méditant, se familiarisant avec elle, peut-être pour une exploration plus approfondie.

Une rumeur.

L'arme qu'il gardait apparut dans sa main, et il alla se cacher derrière les stalactites qui, comme des champignons, semblaient pousser dans son dos.

Il a attendu, et c'était très peu.

* * *

Il transportait plusieurs colis lorsqu'il la vit entrer.

"Où étais-tu ?

Frida le regarda en lui souriant. Il fit quelques pas en avant, s'échappa de leurs mains et se dirigea vers la table, où il les relâcha.

"Je t'ai posé une question.

Je t'ai entendu "il s'est retourné pour le regarder". Vous ne l'avez pas vu ? " Il a dit-. Je suis sorti pour acheter quelques choses " il s'est légèrement arrêté et, en s'approchant d'elle, il a posé une nouvelle question : " Quand es-tu revenu ?

Les mains de Volmen étaient sur sa taille, quand il répondit :

« Bientôt, comme je vous l'ai dit. Une petite escapade...

« Que Kronos ne va pas aimer ça, quand il le découvrira.

« Tu vas lui dire ? Allez, va, dans la rue il y a des robots-Gardiens. C'est matériellement plein.

« Tu es jaloux, et ce n'est pas juste, Volmen. Ce sentiment ne doit pas compter, ni pour vous ni pour personne, ou il est programmé.

"Oui je sais.

Il s'appuyait sur ses lèvres.

Frida avança la tête et offrit la sienne, mais rompit l'étreinte en riant, dès que les mains de Volmen commencèrent à appuyer sur sa taille.

« Maintenant, Volmen, j'ai un travail. Tout cela doit être corrigé.

« Où étais-tu ? dit-il, comme s'il ne l'avait pas entendue.

"Achats

« Tu me l'as déjà dit.

Et n'est-ce pas vrai ?

« Pour faire du shopping, il fallait se lever très tôt, Frida.

"Pourquoi pensez-vous de cette façon?

« Je suis arrivé avec la lumière du jour nouveau, et vous n'étiez pas au lit.

« Je suis sorti, comme toi. Une petite escapade. Tu sais que je le fais, parfois.

"Seule?

Il lui montra les dents dans un sourire.

"Ne pas.

« Un être autre que toi ?

« Oui, mais il ne se passera rien. Accompagne-moi simplement. Nous sommes allés à la grande esplanade. C'est un étranger, et il voulait la voir, la connaître.

« Et accompagné d'un autre Être, biologiquement différent de sa propre composition biochimique ?

"Et pourquoi pas ? Alvia est belle, Volmen

"Que veux-tu dire?

Frida s'approcha de lui.

"Rien que tu ne saches" elle tendit les bras, et se laissa étreindre par ces autres qui la voulaient mais rien de plus, puis elle se sépara d'eux et dit " : je plaisantais.

Et mentir.

Frida arqua un sourcil.

Comment es-tu si sûr que je mens, que je t'ai menti ? "Il a ri, et a ajouté" J'étais complètement seul, Volmen. Je voulais être, tu comprends ? Parfois ça m'arrive.

Une nouvelle question s'est imposée, et Frida l'a posée après quelques secondes de silence :

"Et tu?

« J'avoue que je ne pouvais pas venir avant.

"Pourquoi?

"Mais..." il la regarda, hésitant, et ajouta " : Tu ne l'as pas encore découvert ?

Il s'assit, la regardant toujours attentivement.

« Tu veux dire Kelf ?

"Oui.

« Il y a je ne sais quoi dans la rue... J'ai vu les Robots-Gardiens, et je ne voulais plus me renseigner. Tous les habitants de la Grande Ville savent que Kelf est votre ami.

"C'était.

"Plus maintenant?

"Ne le fais pas. Il voulait détruire Kronos, et Kronos nous donne tout. Même l'air que nous respirons.

"Et l'amour...?

— Aime aussi, Frida. Comme il l'a donné à Kelf, comme il me l'a donné. Un mot suffisait pour t'avoir.

« Sans compter sur moi, n'est-ce pas ?

« Vous ne comptez pas, dans ce sens. Votre obligation se résume à une seule : avoir des enfants.

« Il y en a bien d'autres, Volmen.

"Ce sont sans importance.

Frida se tut, ne voulant pas continuer sur ce terrain, mais le rompit après un bref silence avec une demande qui, à en juger par son ton, ne signifiait que la curiosité qu'elle pouvait ressentir pour un fait déjà accompli.

« Et Alvia ?

« Dans la Grande Maison.

« Pourquoi est-il allé là-bas ?

« Ce matin, ils l'ont trouvée endormie et ils l'ont emmenée.

"Est-ce qu'ils vont...?

— Kronos a dit non, Frida. Elle a dû accompagner Kelf à la Grande Maison la nuit dernière, et Kelf l'a droguée pour qu'elle y aille complètement seule. Comme vous pouvez le voir, elle n'est pas coupable.

"Comment comment ...?

« Kronos sait tout. Il faut que Kelf ait reçu un appel hier soir, de l'autre continent, et l'opératrice l'a relayé à la Grande Maison. Ils l'attendaient et il s'est échappé. Maintenant, ils le recherchent.

« Tu penses qu'ils vont le trouver ?

"Vous ne faites pas?

Frida le regarda attentivement, avant de répondre :

« Je t'ai simplement posé une question, Volmen.

"Oui, c'est vrai" il la regarda, hésitant, et ajouta d'un ton pensif : "Aujourd'hui nous ne pourrons pas nous coucher à l'ombre de la Fontaine Centrale. Frida, ni marcher sous les arbres.

« Pourquoi ? Il est presque temps.

« Oubliez ça. Kronos a dit d'aller voir le président.

" La vôtre ! " Et il y avait de l'étonnement dans sa voix. " Pour quoi ?

"Je ne sais pas. Le Président donne un ordre, et vous devez obéir.

"Oui, ils gouvernent et nous nous limitons...

« Frida !

"Oui !?

« Je n'aime pas ça quand tu t'exprimes de cette façon.

"Désolé, Volmen, cela ne se reproduira plus.

"Tu dis toujours cela.

«Maintenant, je vais tenir ma parole.

Et il pensait à Kelf, dans les bras de Kelf quand il lui donna la réponse.

Il n'a pas répondu, mais il a précisé :

"Fais-moi à manger. J'ai juste le temps.

« Pour aller à la Grande Maison ?

"Oui c'est comme ça.

Maintenant, celle qui n'a pas répondu était Frida.

Les bras de Kelf, les caresses de Kelf, les baisers de Kelf.

Frida se retourna et le laissa seul, et ne revint à ses côtés qu'une fois le repas de midi préparé.

Il s'assit avec Volmen.

Autre chose, cela aurait été suspect.

Ils mangèrent avec appétit, les yeux rivés sur la pendule sur la cheminée, comptant les minutes qu'il leur fallut pour le faire, tous deux silencieux.

Quand il eut fini, Volmen se leva et elle lui emboîta le pas.

« Tu pars déjà ?

La question était inutile, puisqu'elle la savait déjà, mais Frida, faute de mieux, la posa.

Volmen faisait le tour de la table, s'approchant d'elle quand il répondit :

« Ils m'attendent, Frida.

Il la saisit par les épaules, puis fit glisser ses grandes mains fortes jusqu'à sa taille, tandis que ses yeux d'agate la fixaient avec complaisance.

Il était penché...

Frida l'embrassa, acceptant et retournant la caresse, puis l'accompagna jusqu'à la porte.

"Quand reviendras-tu?

"Je sais pas

"Ce soir...?

« Je ne sais pas, Frida. Cela dépendra du Président et peut-être du Grand Conseil.

« Y a-t-il une réunion ?

"Oui.

"Mais tu n'appartiens pas au...

"Je sais" l'interrompit-il, "mais je dois y aller. Kronos le veut.

« Kronos et toujours Kronos, et le Président.

Frida le pensait, mais ce qu'elle a dit était :

« Je t'attendrai toute la nuit.

Volmen ne répondit pas et sortit dans la rue.

Frida ferma la porte derrière lui, et il commença à la franchir en diagonale, profitant de son libre passage pour le faire les yeux fixés sur les Robots-Gardiens qui à leur tour observaient sa marche apparemment calme vers la Grande Maison, puis ils revinrent leur attention à la rue et à la maison où Frida était complètement seule.

L'Esplanade, la Fontaine, l'ombre sous laquelle il avait enlacé et embrassé Frida... et les marches qui donnaient accès à la Grande Porte.

Et six Robots qui montent la garde.

Mais ils étaient différents de ceux que Kelf avait désintégrés.

Il monta les escaliers, remarquant comment deux d'entre eux s'avancèrent pour le rencontrer.

Volmen ne s'arrêta pas.

Sa grande et forte stature nordique semblait les dominer tous, pendant de brèves secondes, mais ce n'était rien de plus que cela, une illusion de ses propres sens.

L'escalier était derrière.

Ils lui bloquaient le chemin et il n'avait d'autre choix que de s'arrêter.

« Le président m'attend, dit-il. Je suis Volmen.

"Nous savons" répondit l'un des deux. Allez, allez, accompagnez-vous.

Ils se retournèrent, laissant un espace entre eux, et Volmen, sans dire un mot, fit un pas au milieu, et ainsi ils franchirent le seuil.

La pièce était différente du navire que Kronos occupait

Circulaire et avec un sol brillant, un équivalent à la cire qui était utilisée au XXe siècle pour une telle tâche, mais avec un énorme avantage par rapport à cela ; qui ne s'est jamais fané.

Et la table au centre.

Large, circulez aussi, et le Président, avec les Membres du Conseil.

Six, en tout.

Un pour chacun des continents, en comptant celui qui, il y a des millénaires, s'est formé au pôle Sud de la planète.

Volmen était impressionné par ces présences silencieuses plus encore par le regard brillant et énigmatique du Président, dont le visage cadavérique, aux orbites enfoncées et aux pommettes non moins enfoncées, semblait avoir le même éclat que le sol sur lequel il foulait. instant.

« Tu es Volmen, qui vit avec Frida, n'est-ce pas ?

Il se pencha un peu plus près, le sien fixé sur celui du Président.

« Pourquoi demandez-vous si vous savez déjà ? » répondit.

« Répondez simplement et rien d'autre.

N'a pas répondu.

« Vous êtes Volmen, n'est-ce pas ?

« Je suis Volmen.

« Et tu vis avec Frida ?

"Je vis avec Frida" répéta-t-il.

"S'asseoir.

S'armant de courage, Volmen le fit dans la seule chaise disponible, réalisant qu'il allait être jugé par les Six, pour quelque chose dont il n'avait aucune idée, et trembla.

Mais il avait tort.

CHAPITRE V

Et il attendait, les yeux fixés sur le Président, notant comment les yeux des autres l'examinaient en silence, ce qui était encore bien plus sinistre que n'importe quelle menace.

« Vous êtes un ami de Kelf.

Ce n'était pas une question, mais une déclaration, et Volmen a répondu avec les mêmes mots qu'il avait déjà répondu à Frida quelques minutes auparavant :

"Ça l'était," répondit-il froidement.

Le visage énigmatique devant lui ne changea pas d'expression.

« Expliquez-moi ça, voulez-vous ?

« Il voulait détruire Kronos, ainsi que tous les êtres de la planète. A tous les Êtres-Robots.

« Est-ce un motif ?

« Pour moi, ça suffit.

Un silence s'ensuivit, qui s'épaissit jusqu'à ce que le Président daigne le rompre d'une voix sifflée :

"Que sais-tu de lui ?

« De Kelf ?

"Oui.

"Tout. Apparemment, il a réussi à s'échapper de la Grande Ville.

« Personne ne peut échapper au pouvoir de Kronos, ni au mien.

"Je sais. Mais tu es mortel.

"Que veux-tu dire ?

"Que vous ayez peut-être des erreurs... mais non, Kronos.

Un autre silence, maintenant plus court que le précédent.

— Quelqu'un t'aide, Volmen.

Il frémit à cette déclaration prononcée de la même manière, sur le même ton, et sans que ce visage hermétique n'exprime quoi que ce soit.

"C'est possible. Kelf a des amis dans la grande ville. Nous en avons tous.

"Je sais aussi. Tu es l'un d'entre eux.

Pour la deuxième fois, Volmen frissonna.

« Vous essayez de m'accuser de l'avoir fait ?

« Pas encore, mais il y a quelque chose que je veux découvrir.

"Et c'est.:.?

« Hier soir. Tu n'étais pas avec Frida. Un des Robots-Gardiens t'a vu dans la rue, alors que le soleil se levait. Où es-tu allé ?

"Je suis sorti pour voir..., pour..." il hésita un peu, et ajouta, sachant qu'il devait parler, dire quelque chose " : j'essayai de voir Alvia.

"Pourquoi?

"Est beau.

« Et Frida ?

"C'est trop. J'étais endormi et complètement seul quand je suis arrivé. Donc, Kelf était mon ami, et la visite, imprévue, n'a qu'une petite pénalité, et vous le savez, Monsieur le Président. Je suis revenu, et quand je suis sorti, j'ai entendu l'alarme. Alors je me suis caché, sachant ce qui allait se passer, ils pourraient me prendre pour quelqu'un, et personne n'aime mourir sans culpabilité. Le jour se levait quand je quittai ma cachette, car les choses semblaient plus calmes, et je rentrai chez moi.

Cela avait tous les signes d'être vrai, et le président a posé une nouvelle question :

« Que vous a dit Frida à votre arrivée ? Quelles questions vous a-t-il posées ?

Volmen retint son souffle.

Enfin, il avait compris.

Peut-être que le Président, averti par l'un des Robots-Gardiens, avait vu Frida à l'extérieur de la maison, comme ils le voyaient, même s'il ne pouvait pas s'en rendre compte.

Il a répondu:

« Il n'était pas dans la maison.

"Ne pas...?

Silence.

Terrible, même si ça n'a pas duré plusieurs secondes,

« Répondez, Volmen ; Où est allée Frida ?

« Quand elle est revenue, tard dans la journée, elle a dit qu'elle était allée faire du shopping, mais je ne l'ai pas crue.

« Donc, d'après vous, il est resté dehors toute la nuit.

"Oui.

"Avec qui ?

Volmen attendit la question et ne cilla pas.

"Peut-être avec Kelf" répondit-il froidement.

"Comment le sais-tu ?

« Elle ne m'a pas donné d'enfants. Il ne ressent pas d'amour pour moi.

« Kronos te l'a attribué.

« Je sais, et j'ai suivi cet ordre, mais elle ne l'a pas fait.

"Pourquoi ?

"Pour les enfants. Il ne me les a pas donnés et il ne me les donnera jamais,

" Frida te l'a dit ?

« Il y a des choses qui n'ont pas besoin d'être dites.

Le Président a pris quelques secondes pour répondre, tandis que le reste des membres du Conseil étaient silencieux, mais prenaient des notes.

"Pars maintenant

Il fut surpris par la commande inattendue, mais se leva.

"À ma maison ?

"Ne le faites pas. Alvia est avec Kronos. Allez l'aider et surveillez-la. Alvia est précieuse pour Kronos et pour le Conseil.

« Et Frida ?

« Ne fais rien si tu la vois, si tu la vois, tu comprends ? Mais si c'est le cas, et il demande, vous pouvez lui parler de cette interview, mais décorez-la à votre manière. Et maintenant, partez, Volmen. Et attention à Alvia. Tu me réponds avec...

"Je sais à quoi je m'expose", répondit-il en se retournant pour se placer entre les deux Robots-Gardiens qui l'attendaient.

Il sortit, devant le silence de la tombe.

Lorsqu'ils furent seuls, le Président les regarda un à un, puis fixa les yeux sur Siegel.

« Quelles nouvelles y a-t-il de votre continent ? "Je demande.

Petit, trapu, il ressemblait à un animal intelligent, pas n'importe quoi d'autre.

« Nous n'avons pas pu trouver la personne qui a passé cet appel.

"Comment c'est?

Siegel aurait pu répondre que pour la même raison que Kronos n'a pas pu trouver l'endroit où se trouve Kelf, mais il a pris soin de ne pas le mentionner, et il a répondu :

"Il s'est échappé.

"Qu'est-ce que c'est ...?

« Simplement qu'il s'est échappé. Lorsque mes Gardiens ont trouvé l'endroit où il devrait être, cette chose n'était plus là.

"Comment expliquez-vous celà?

Sans perdre son calme habituel, Siegel répondit :

« Il est parti comme il est venu.

"Oui...? Et où est-il passé? Kronos voudra savoir

« Aux étoiles. C'est venu de là, Président.

"Des étoiles... ? C'est fou ! Une chose des étoiles, voyageant dans l'espace vers nous juste pour avertir Kelf de ne pas... abandonner. Tu te moques de moi, Siegel.

« Je savais que ce serait ta réaction..., mais je t'apporte la preuve que je dis la vérité. Des échantillons de l'endroit où le navire qu'il transportait a atterri, et comment tout ce qui l'entourait a été laissé lorsqu'il a décollé.

"Donne les moi!

Et elle tendit vers lui sa main noueuse, munie de longs ongles pointus.

Les mêmes que s'il s'agissait de ceux d'une griffe. Et Siegel les a remis.

CHAPITRE VI

Elle ne pouvait pas dormir, elle ne pouvait pas rester assise, rien ne pouvait naître à part attendre Volmen.

Il craignait cette arrivée.

Et tandis qu'elle méditait ainsi, Frida pensa à Kelf, se demandant, dans son esprit, s'il était toujours là où elle l'avait laissé, s'il tiendrait la promesse qu'il avait faite de l'attendre.

Il était vrai qu'il pouvait quitter la maison sur-le-champ, mais non moins vrai qu'il y avait des Robots-Gardiens à proximité.

Il suffirait à l'un d'eux de la voir partir pour qu'elle avertisse la Grande Maison, et Kronos l'enverrait la suivre ou s'arrêter, et les deux étaient mauvais pour Kelf aussi bien que pour elle-même.

Là, ils la feraient parler.

Il devrait le faire, même s'il ne le voulait pas.

Il pensa à Alvia.

Toujours dans la Grande Maison, ou avec Volmen ?

Ils pourraient être ensemble, bien sûr, sur le navire à partir duquel Kronos dirigeait les destinées de la Grande Cité et de la Planète.

La fenêtre et le lit, le lit et la fenêtre, jusqu'à ce que finalement, complètement abandonnée, Frida s'endorme.

Quand il se réveilla, il était midi le nouveau jour.

Volmen n'était pas revenu.

Il est allé à la fenêtre.

La rue, apparemment, était la même que tous les jours, mais il y avait des Robots-Gardiens qui la patrouillaient d'un endroit à un autre.

Frida s'est éloignée de là.

La recherche intense de Kelf continua, c'était comme si Kronos avait l'assurance complète qu'il n'avait pas quitté la ville.

Frida se souvenait de ce qui était prévu pour ce jour-là, mais Volmen n'était pas à ses côtés pour l'aider à le terminer.

Faire tout seul ?

La Fontaine, la promenade, les arbres, l'amour à côté des eaux murmurantes d'un ruisseau.

C'était ridicule !

La nourriture était préparée, mais il pouvait à peine avaler une bouchée, et quand il eut fini, une fois de plus, il se dirigea vers la fenêtre.

Les Robots-Gardiens étaient partis.

Sourit.

Attendez la nuit.

Des heures d'impatience, au cours desquelles Volmen pouvait se présenter, et il ne le voulait en aucun cas.

Sortir dans la rue ?

Même s'il ne le voulait pas, il le devait.

Le présent, ce qui en restait, était pour elle seule, car apparemment Cronos avait oublié de diriger son destin, ne serait-ce que pour le moment.

Fait.

A la porte, sur le trottoir, Frida regarda autour d'elle et se mit à marcher.

Elle était satisfaite.

Tout semblait calme, calme, comme si Kelf n'avait pas existé ou comme si le fait n'avait jamais été consommé, mais ce n'était pas comme ça.

Il regarda en arrière.

Rien ni personne.

La foule, allant bras dessus bras dessous avec l'autre foule du sexe opposé, ou simplement à leurs côtés, se dirigeant lentement vers les lieux de récréation, de récréation, programmés à l'avance.

Il a touché ses seins.

A l'intérieur, entre la chair et le tissu dont elle était vêtue, reposait le canon à rayons cosmiques, capable de pulvériser un de ces bâtiments qu'elle avait à sa droite ou à sa gauche.

Il tourna à gauche dès qu'il arriva au deuxième virage, et continua de marcher sur le trottoir, apparemment indifférent à tout ce qui se passait autour de lui, même si ce n'était pas comme ça, loin de là.

Il les a vus, quelques minutes plus tard.

Deux Robots-Gardiens, un dans chaque encadrement de porte qui donnait accès à l'intérieur de la maison qu'habitait Kelf, en compagnie d'Alvia.

Frida fit un geste pour reculer, pensant qu'elle avait déjà dû le prévoir, mais eux aussi allaient lui faire découvrir.

Il s'est approché, est allé poser une question, mais le Robot était en avance sur ses souhaits.

« Vous êtes Frida, n'est-ce pas ?

"C'est moi que tu dis" répondit-elle, essayant de ne pas perdre son calme.

"Qu'est-ce que vous voulez?

Voir Alvia.

"Pourquoi?

Les yeux métalliques du Robot étaient fixés sur les siens, et Frida se demanda s'il transmettait déjà sa réponse, et même son image parlante, à la Grande Maison.

"C'est mon ami" répondit-il. Le président le sait.

"C'est insuffisant.

"Pourquoi?

« Je ne suis pas programmé pour répondre à des questions, mais pour les poser. Va-t'en, Frida.

La fille se mordit la lèvre.

Où puis-je le voir ?

"À qui?

« À Alvia.

« Dans la Grande Maison, mais vous ne pourrez pas passer. Rentrez chez vous, Frida, et reposez-vous.

Il se retourna, lui tourna le dos et continua de marcher, maintenant en marche arrière. Dans l'une des rues principales, il alla voir un spectacle public, avec l'esprit prêt à tirer le meilleur parti des heures qui restaient jusqu'à la tombée de la nuit, mais il ne le pouvait pas.

La pensée, et surtout le souvenir de Kelf, ne la quittait pas.

Elle aimait Kelf, elle l'avait toujours aimé, mais Kronos l'envoya vivre avec un Être comme Volmen.

Les étoiles, les lumières brillantes qui, comme des soleils, ont transformé la Grande Ville en une braise de lumière.

Frida a commencé à marcher.

S'éloigner de plus en plus de ce qu'on appelait au XXe siècle la zone urbaine de la ville, à la recherche d'une issue.

Elle ne voulait pas prendre de véhicule, sachant que tôt ou tard le Robot-Driver appellerait Kronos, disant qu'ils l'avaient vue à l'extérieur de la maison à cette heure-là,

Les rampes de lancement...

Sans le savoir, Frida pensait à la même chose que Kelf pensait déjà, pour, au bout de quelques secondes, arriver à la même conclusion que celle-là.

Le Président ou Kronos lanceraient des vaisseaux à leur recherche, ils les désintégreraient bien avant de pouvoir quitter la Galaxie dans laquelle la Planète se déplaçait. Galaxy I. C'était horrible.

Deux Robots-Gardiens apparurent presque devant elle et, avec un regard terrifié alors que sa main droite s'approchait de ses seins, elle sauta dans le portail sombre à sa portée, à quelques mètres à sa droite et en avant. sa.

Il avait l'étrange pistolet à la main lorsqu'il heurta l'un des murs et fit attention à ses pas métalliques sur le trottoir qu'il venait de quitter.

Elle les entendit parler et son cœur, bien qu'armé, se serra.

Mais ils sont passés à côté.

Frida soupira, satisfaite, rangea l'arme, quitta le portail et continua de marcher.

CHAPITRE VII

« Kelf..., Kelf... Êtes-vous là, Kelf... ?

Il fit quelques pas de plus sous le dôme de la stalactite et murmura :

« Allez, Kelf... es-tu là... ?

Alors elle le vit apparaître sous ses yeux et venir d'un des coins de la caverne, ne souriant pas, mais l'examinant de la tête aux pieds, exactement comme si elle ne l'avait jamais vue auparavant.

« Tu as mis du temps, Frida. Vers une vingtaine d'heures, il "a regardé sa montre". Onze heures, dit-il, de jour ou de nuit ?

— Il fait nuit, Kelf. Grave-le dans ta mémoire, au cas où un jour je ne pourrais pas venir. Oh, Kelf... !

Et avec un léger cri, elle courut dans ses bras.

Après l'avoir embrassée, toujours dans ses bras, il murmura :

« Viens, Kelf, nous dînerons ensemble. Je ne l'ai pas encore fait.

Il la saisit par la taille, et ils s'approchèrent de la petite grotte où ils avaient passé la nuit précédente.

"Est-ce que tu vas rester?

"Oui.

"C'est dangereux.

"Je connais.

"Et quand même...?

« Pourtant, je vais le faire.

Mais ce n'est qu'à mi-chemin que Frida a commencé à parler sérieusement.

"J'étais chez toi" commença-t-il.

Il regarda dans ses yeux.

Les gris de Kelf étaient impassibles.

« Y... ?

« Je ne pouvais pas voir Alvia.

Kelf attendit, apparemment indifférent à ce qu'il avait à dire, mais il ne l'était pas, et Frida comprit.

« Il y avait des Watch Robots-Guardians. J'ai parlé à l'un d'eux, Kelf.

Il continua à se taire alors la jeune femme continua :

« Il m'a dit qu'il était dans la Grande Maison. Avec Kronos ou avec le Président. Que je n'ai pas pu découvrir.

« Et Volmen ?

Frida fit une grimace de dégoût.

« Je suis avec toi, non ?

« Est-ce une réponse ?

— Ça l'est, Kelf. Je t'aime; Je t'ai toujours aimé, et maintenant je ne pense pas que tu puisses en douter,

Mais il y avait quelque chose de plus important que cela, et ils le savaient tous les deux.

C'est Kelf lui-même qui a mis le doigt sur la plaie, comme on dit, en demandant :

« Combien de temps vais-je rester ici, Frida ?

Il regarda dans ses yeux.

« Sortir signifiait la mort pour toi.

« Rester ici, du moins pour moi, a le même sens.

« Expliquez-moi cela, voulez-vous ?

« C'est beau, si ce n'était pas si sinistre, du moins dans son sens. Vous pouvez visiter... avec un autre Être du sexe opposé.

« Comme dans notre cas ?

« Oui, ça l'est, mais pour quelques heures, et pas pour toujours, tu comprends ?

"Je pense que oui" elle le regarda pensivement, et continua avec une question : "Qu'est-ce que tu comptes faire, Kelf ?

Et il y avait de l'angoisse dans sa voix, qu'il faisait semblant de ne pas entendre.

"Sortir.

"Ce soir? C'est fou.

« Ce soir, non, Frida, parce que je t'ai ici, mais je le ferai dès que tu cesseras de venir.

« Je ne le ferai jamais.

« Volmen te cherchera. Vous le ferez maintenant, si vous ne le faites pas déjà. Dès qu'il s'apercevra de votre absence, il avertira l'un des Robots...

« Et ça t'inquiète, Kelf ?

« Oui. Pas à vous ?

"Non." Il s'arrêta légèrement et ajouta : "Écoute, Kelf, il y a un moyen de sortir. Tu as bien compris ? Des rampes de lancement. Tu as une arme et j'en ai une autre. On peut finir avec le Robot-Rocket et..., et . .. Je t'accompagnerai jusqu'aux étoiles Je veux être avec toi pour toujours, Kelf.

«Ils nous achèveraient avant que nous ne sortions du Galaxy I.

"Nous mourrons ensemble.

"Ça ne va pas...

Frida l'interrompit, presque violemment :

« Il en sera ainsi, c'est décidé. Je ne peux pas retourner du côté de Volmen. Je ne peux ni ne veux, tu comprends ? « Il a un peu hésité, et a continué, après quelques secondes de silence » : je vais essayer de vérifier par moi-même la vigilance qui est sur les rampes, et revenir à vos côtés. Si tout se passe bien, nous sortirons ensemble et...

« Voulez-vous partir maintenant ?

Frida lui sourit.

« Non. Je partirai au lever du soleil, et pour votre tranquillité d'esprit, je vous dirai que je n'entrerai pas dans la Grande Ville. De là, les rampes sont accessibles sans qu'aucun des Robot-Gardiens ne me voit. , Termine le dinner.

Il n'a pas répondu, mais son cerveau informatique électronique agile fonctionnait à plein régime jusqu'à ce qu'ils aient finalement dîné.

Alors la question se posa sur la bouche de Kelf :

« Tu ne m'as toujours pas dit si tu as vu Volmen, Frida.

Elle s'approcha de lui, lui prit une main et le força presque à encercler sa taille.

« Est-ce nécessaire, Kelf ? » Demanda-t-il dans un murmure et en lui effleurant l'oreille droite avec ses lèvres.

"Oui. Je pense que oui.

« D'accord, j'ai vu Volmen.

« Y... ?

"Je tiens toujours mes promesses,

"Rien de plus?

« Y aurait-il autre chose ?

"Non, peut-être pas," répondit Kelf pensivement, "mais j'aimerais savoir ce qui s'est passé.

Alors Frida lui a tout expliqué.

"Rien de plus...?

"Mais, Kelf... je...

Il l'embrassait déjà sans finir sa phrase, alors maintenant l'étreinte entre les deux durait longtemps, et pourtant, Frida le laissa avec l'aube exactement comme elle l'avait promis.

Le rocher se referma derrière elle et, devant elle, déjà éclairée de la clarté du jour nouveau, elle vit le chemin qui mènerait à cet autre qui fermait le passage et menait directement à sa maison, sans faire le détour qu'elle avait fait. prise la veille. d'aller voir Kelf, évitant ainsi d'y retourner, au cas où il tomberait sur Volmen.

puis hésité

Encore une fois, et maintenant en plein jour, elle dut faire un large détour, vers les rampes de lancement, sans passer, comme elle l'avait déjà dit à Kelf, par la Grande Cité, où ils l'attendraient. Volmen, entre eux. Volmen et Alvia.

Elle a continué à marcher, sa main droite au niveau de ses seins, pendant quelques minutes.

Il y en avait six, qui lui apparaissaient d'autant de points et, quand il les vit, il comprit que tout était perdu.

Même Kelf, son amant de quelques heures, l'était. Elle leva la main et descendit ce genre de chemisier qu'elle portait, le tissu déchiré et l'arme germa dans sa main.

Fou de terreur, terrifié, l'agression a commencé dès le.

Tournage.

Devant ses yeux, il y avait une étincelle bleue, une langue de feu, et le Robot-Gardien a disparu de ses rétines alors que l'arbre directement derrière lui est devenu une marque qui a également disparu en un cinquième de seconde. Pas sans que Frida ait remarqué la vague de chaleur dans son dos qui l'a presque jetée au sol.

Le deuxième rayon cosmique effleura ses cheveux et il se perdit dans la montagne, avec le grondement du tonnerre, et il appuya une deuxième fois sur la détente.

Un autre des Robots a disparu de la planète, s'est transformé en étincelles multicolores, mais Frida ne l'a jamais vu car à ce moment précis un des rayons l'a frappée.

Il n'a rien remarqué.

Il a juste disparu.

Sur le sol, là où se trouvaient ses pieds, il n'y avait qu'une légère tache sur l'herbe.

* * *

« Est-ce que tu me regardes, Volmen ?

"Moi...?

Il y eut un silence alors qu'il la fixait.

Tous deux se trouvaient dans la maison de Kelf, après avoir été soumis, une fois de plus, mais désormais en commun, à d'interminables questions.

Puis ils quittèrent la Grande Maison, très proches l'un de l'autre, et après le dîner ce soir-là, la question se posa sur ses lèvres.

« Tu ne réponds pas ? Allez, Alvia, qu'est-ce qui te fait deviner ça ?

Elle regarda autour d'elle.

— Tout ça, dit-il avec une intonation étrange dans la voix. Est-ce que c'est Kronos qui l'a ordonné, ou le président l'a-t-il simplement fait ?

"Je ne te comprends pas.

"Ne pas...?

« Bien sûr que non, Alvia. J'ai parlé avec Kronos et avec le président. C'est vrai, et nous le savons tous les deux.

"À propos de quoi?

« De vous. Je lui ai demandé de vous laisser venir avec moi.

" V...?

"Maintenant tu es là.

« Ce qui signifie qu'ils ont accepté, n'est-ce pas ?

"Oui c'est comme ça.

"Je n'aime pas.

Volmen la regarda avec surprise

"Pourquoi ? Je demande". Tu m'as toujours aimé, Alvia.

— Oui, répondit-elle, imperturbable, avec une froideur terrifiante. Mais pas de cette façon.

"Il y en a un autre ? Kronos choisit et rien d'autre. Maintenant Frida ne compte plus. Ils la recherchent avec l'ordre de la tuer, de la faire disparaître de la planète. Ils savent que cela a aidé Kelf.

« Et faites-leur savoir que vous vous en êtes occupé, n'est-ce pas ?

"Oui, c'est comme ça. Ce que je ressens, c'est de ne pas savoir où il est.

« Veux-tu aller le chercher ?

"Bien sûr.

"Seulement?

"Oui.

Alvia laissa s'écouler quelques secondes de silence, puis, soudain, elle reprit ce qu'elle avait dit auparavant.

« Nous parlions de Kronos.

"Je sais. Tu as dit...

-Que je n'aimais pas ça.

"Pourquoi?

« Parce que mes sentiments ne comptent pas. Ni le mien ni les autres. Uniquement le sexe opposé. Bien à vous, Volmen. Tout ce que vous avez à faire est de demander, de souhaiter et Kronos vous l'accordera.

« Et vous n'aimez pas ça ?

"Ne pas.

"Pas avec moi?

« Même pas avec toi, Volmen.

Il plissa les yeux.

— Tu parles comme Kelf, Alvia. Il en est ainsi, même si vous ne vous en rendez pas compte.

Alvia lui lança un regard noir.

"Je ne pense pas comme lui, loin de là", a-t-il déclaré. C'est un sentiment. Une idée.

« Il n'y a pas d'idées, Alvia.

"C'est ce que dit Kronos, mais en pensant... Bon, ça ne s'efface pas. Ni le droit d'avoir des idées non plus.

« Ils ont été effacés lorsque Kronos est entré dans le Pouvoir de la planète.

Alvia ne voulait pas discuter et, voyant qu'elle était silencieuse, Volmen se leva, fit le tour de la table et s'approcha.

Ses grandes mains se posèrent sur ses épaules et Alvia leva la tête pour le regarder.

Elle était appuyée sur ses lèvres... et elle le voulait comme elle ne voulait jamais rien, mais elle s'écarta instinctivement de lui quand il essaya de l'embrasser.

Volmen, sans lâcher prise, la regarda attentivement.

« Qu'est-ce qui t'arrive, Alvia ? "Je demande.

"Kelf.

Volmen la relâcha et recula de quelques pas. Puis il jura dans sa barbe.

« Et Kelf ?

« Des vies mortes.

« Cela ne compte pas pour Kronos.

"Mais oui pour moi" il quitta l'endroit où il était assis et le confronta ouvertement en ajoutant "Si tu veux, Volmen, tu peux le dire au Président. Tue Kelf, et tu m'auras, mais pas avant.

« Je ne vais rien te dire de tout ça. Ni Kronos ni...

Je ne l'écoutais plus.

Se retournant, Alvia s'éloigna de lui, se dirigeant vers la porte qui menait à la chambre.

Volmen ne bougea pas, la regarda juste, jusqu'à ce qu'il l'appelle soudainement.

CHAPITRE VIII

Les quatre se regardèrent.

Le silence était impressionnant, jusqu'à ce que l'un d'eux le brise avec une question :

« Avez-vous vu le rocher ?

« Nous l'avons vu.

Et Kelf est peut-être derrière.

"Kelf est derrière" affirma le quatrième. Mais il faut être prudent. Kronos a préparé quelque chose pour lui, bien pire que la mort.

"Tu sais?

"Ne le fais pas. Juste l'ordre. Il doit être vivant, ou il nous détruira.

Ils ne parlaient plus.

Les quatre Robots-Gardiens commencèrent à se séparer les uns des autres, traçant un demi-cercle mortel, au centre duquel se trouvait l'énorme rocher qui fermait l'entrée des entrailles de la Planète.

Puis ils s'arrêtèrent.

La distance était pratique.

Maintenant ou jamais.

Le Robot-Gardien-Chef le pensait, mais ne le dit pas.

Il a simplement levé sa main armée et la foudre s'est déclenchée.

Le rocher a fait un déclic, une étincelle, et s'est fissuré sur toute la longueur et la largeur, mais n'a pas cédé.

« Il faut faire attention maintenant » dit-il aux autres qui, comme des statues, complètement immobiles, contemplaient la scène.

Il ajusta le pistolet et le leva.

De l'autre côté du rocher, au centre de la caverne, Kelf bondit de côté, emportant le sien, et s'accrocha à l'un des murs, les yeux fixés de l'autre côté, vers l'entrée, qui semblait verrouillée. et chanter.

Le sol a tremblé.

Au-dessus de sa tête, les stalactites craquaient sinistrement.

Une autre volée de ce genre, et le toit s'effondrerait, l'enterrant.

Il pensa à Frida.

Qu'était devenue Frida ?

L'ont-ils vue sortir de là ?

C'était la chose la plus sûre à faire, de même qu'ils l'avaient suivie jusqu'à l'entrée de la caverne, mais pas assez longtemps pour y entrer.

Le reste, le reste, était d'une simplicité terrifiante.

Alors que, inconscients de ce qui se passait à l'extérieur, ils s'aimaient et s'embrassaient, la Mort les avait traqués.

Alvia et Volmen dans la Grande Maison.

Frida le lui avait dit, et Volmen...

Bon, il a su mettre la Présidente au second plan, se doutant à juste titre qu'elle était avec lui, qu'il fallait la suivre, qu'il y avait...

Quelque chose comme un tonnerre lointain a éclaté devant lui, il a vu la lumière, l'aveuglant presque, et la roche d'entrée s'est pulvérisée, exposant le large espace.

Et la clarté du soleil, ternie par la poussière et les débris qui commençaient à tomber du plafond.

Accroché aux murs, transpirant, respirant l'odeur nauséabonde de la pierre fondue, Kelf tituba quelques pas vers la brèche qu'il commençait maintenant à apercevoir avec une parfaite clarté.

Avec plus de clarté à chaque seconde qui passait, et à mesure que la poussière diminuait, tandis que derrière lui, alors qu'il la laissait derrière lui, le plafond commençait à s'effondrer, avec un bruit d'enfer.

Dehors, tout près de l'entrée, les quatre Robots-Gardiens ajustaient leurs armes pour NE PAS TUER.

A l'intérieur, le dos appuyé contre les arêtes rugueuses du rocher, Kelf glissa vers la sortie.

Il savait qu'il devait se dépêcher, sinon il ne la rattraperait jamais.
"Kelfe...

Je ne réponds pas.

Derrière lui, le tonnerre de l'effondrement augmentait d'intensité.

La montagne entière se balançait.

« Kelf... Sors de là, Kelf... ou tu mourras. Cronos veut te voir. Il veut que vous vous présentiez au Conseil. Le président le veut aussi.

Il pensa à Frida.

Qu'avaient-ils fait de Frida ?

Et il n'a pas répondu.

Il continua d'avancer, le canon court et épais du fusil pointé droit devant lui et le doigt tendu sur le retardateur.

Combien d'accusations lui restait-il ?

Il ne savait pas ou ne s'en souciait pas, à l'époque.

Le sol s'écarta presque à ses pieds, et il tituba encore plus, saisissant les rebords de la paroi rocheuse avec les doigts et les ongles de sa main gauche.

Le mouvement du sol s'est stabilisé.

C'était quelques secondes, peut-être moins, et peut-être qu'il s'ouvrirait complètement, l'emportant avec lui dans les profondeurs de la planète.

"Kelfe...

Le bruit l'a presque assourdi, il n'a donc pas entendu ce nouvel appel.

A quelques mètres de son corps, quelque chose est tombé du plafond, et le nuage de poussière l'a enveloppé, le faisant tousser.

Puis il sursauta, mais il ne atterrit pas sur ses pieds de l'autre côté de la porte, mais roula sur lui-même, tandis que les rayons qu'ils lui envoyaient maintenant, paralysant, soupçonnait-il, faisaient de légers cliquetis autour de lui.

Il a ouvert le feu.

Une fois, deux fois, trois et même quatre fois, et il les vit brûler dans un brasier infernal, et disparaître de sa vue, comme peut-être Frida a disparu.

Il se leva en prenant une profonde inspiration.

Derrière lui, toujours derrière lui, avec un fracas horrible, le plafond de la caverne s'effondre, et le mouvement sismique qu'il produit le jette d'abord sur son visage, puis roule à plusieurs mètres.

Brisé, haletant, en sueur, meurtri et écorché, Kelf se leva, tenant toujours l'arme.

Après le tremblement de terre après le tonnerre de l'effondrement, le silence était impressionnant.

Kelf se retourna.

Plus d'une demi-montagne s'était enfoncée à l'intérieur de la planète, et devant ses yeux il n'y avait qu'un panorama désolé de rochers brisés, d'arbres brisés et de crevasses, de fissures hideuses dans la terre et dans la roche.

Il détourna les yeux et regarda autour de lui.

Kelf a appelé Frida.

Une fois, deux fois, plusieurs fois de plus, puis il a passé plus de trois heures à la chercher, jusqu'à ce qu'il se persuade qu'il ne la reverrait plus.

Puis il a commencé à marcher.

Le laboratoire dit moderne de la fin du XXe siècle, dans son temps lointain.

Le gaz mortel, découvert par hasard, les explosions du tube de verre dans ses mains...

Il continua de marcher vers l'entrée qui donnait accès au tunnel qui devait le conduire à la maison de Frida.

Volmen serait là, à l'attendre, mais elle ne viendrait jamais.

Frida avait annulé, une fois pour toutes, tous ses rendez-vous.

Le gaz... l'explosion, et plus tard, le réveil.

L'hôpital central des disparus de Washington, capitale fédérale des États-Unis d'Amérique.

Le lit et ses yeux...

Ses yeux; il avait perdu la vue.

Les bandages autour de sa tête et la mutation.

Il n'y avait aucun espoir, mais la mutation s'est produite en lui, sans que des moyens humains ne soient utilisés pour le faire, et ses yeux ont retrouvé la clarté, la vue.

Le gaz mortel, la formule perdue…, et son secret…

Ensuite, le Washington Research Center, et tout le reste.

Pendant des générations, ses cellules mortes ont été évacuées de son corps par des cellules vivantes, et sa composition biochimique a été continuellement renouvelée… comme dans une réaction nucléaire en chaîne séculaire.

C'était son corps, une réaction en chaîne des millions de cellules qui le composaient, produisant une vie qui pouvait durer à l'infini… si Cronos n'en décidait pas autrement, et apparemment il en avait déjà décidé.

Le passage, la porte d'entrée.

Il a fallu des heures à Kelf pour se rendre chez Volmen, mais maintenant sa visite était d'un tout autre genre. Je ne pouvais plus y voir Frida mais je pouvais voir Volmen. Même s'il ne le voulait pas, il lui dirait ce que le Conseil pensait.

Tout ce qu'il voulait savoir, y compris le nombre de Robots-Gardiens sur les rampes, et s'il le pouvait… le but était les étoiles.

Peut-être y avait-il une issue de secours là-bas.

La porte, fermant son chemin.

En d'autres termes, la trappe au-dessus de votre tête.

Kelf la souleva et écouta sans lâcher l'arme.

Combien de charges vous reste-t-il… ?

Il n'avait même pas fini de poser la question, le silence à l'intérieur de la maison était absolu, alors il acheva de la soulever, et entra dans la pièce.

Il se souvenait de Frida.

Il se souvint d'elle alors qu'il fouillait la maison.

Volmen n'était pas là.

Dans la sienne, amoureuse d'Alvia ?

C'était possible, si l'ordre était venu de Kronos ou du Président.

La rue.

Il s'agrippa aux murs et marcha, essayant de rester dans l'ombre, le dos appuyé contre les façades des maisons, dans la Grande Cité qui maintenant, par son silence, ressemblait à la Cité des Morts.

La porte.

Kelf hésita.

Autour de lui, le silence.

Ils le cherchaient toujours.

C'était tout; Kronos voulait que les rues soient complètement dégagées des piétons et de la circulation routière.

Seuls les Robots-Gardiens seraient autorisés à passer, à pied ou dans des véhicules-fusées.

Il fouilla dans ses poches.

La clé; Je l'avais encore.

Il ouvrit, ferma de la même manière, sans produire un seul bruit, et entra, le couloir en avant vers la salle dite à manger, où les chaises et les tables apparaissaient du sol, en appuyant sur un simple bouton, depuis l'un des panneaux du le mur.

Rien de tout cela n'était en vue, alors il soupçonna qu'Alvia et Volmen brillaient tous les deux par leur absence.

Il traversa la pièce et entra dans la chambre.

Là, il attendit de les entendre entrer.

Kelf se dirigea vers la porte et écouta.

Une demi-heure... une ?

Peut-être l'était-il beaucoup moins lorsqu'il s'éloigna de là pour aller se placer à l'autre bout de la chambre.

* * *

"Alvie.

Avec sa main frôlant la porte, elle se tourna pour le regarder. "Oui.

Ça ne venait pas.

Volmen le pensait, mais ne le dit pas.

"Cet appel téléphonique..." commença-t-il.

Il la vit sourire.

Il s'humanisait, comme il le croyait.

"Tu l'as fait. Et tu as menti à Kronos.

« Tout le monde ment à Kronos... mais il ne le sait pas. C'est la seule chose que vous ne pouvez pas savoir. D'un autre côté, vous m'avez donné l'idée.

"Je sais. Mais c'était juste ça, une possibilité.

« Vous avez prouvé que vous le connaissiez bien... ou vous avez lu dans ses pensées.

— Je ne lis rien en tête, Volmen, mais, comme tu dis, je connais Kelf, je savais qu'il mijotait quelque chose, et je te l'ai dit. Le reste... c'était votre faute. Maintenant, si je me trompais... Il éclata de rire.

« La même chose serait arrivée. Kronos aurait agi de la même manière. L'opératrice et cet appel de l'autre continent ont suffi à détruire Kelf, même si c'était un mensonge. Comprenez vous

"Oui, je pense que oui" il s'arrêta, ce que Volmen n'interrompit pas, et ajouta, après quelques secondes de silence : "C'est venu des étoiles, comme tu dis, n'est-ce pas ?" Comment comment ...?

Volmen fit un pas en avant, et elle en fit un autre vers lui.

Il rit encore une fois lorsqu'ils se firent face, se touchant presque.

« J'ai utilisé l'un des navires de la rampe. J'ai détruit le robot-fusée et...

« Volmen !

— Il n'y a aucun danger, Alvia. Le trajet ne prend que quelques minutes... longue distance, et l'avertissement à Kelf. J'aurais aimé que quelqu'un prenne l'appel, au cas où vous vous tromperiez dans vos soupçons, mais ce n'était pas le cas, et Kelf, malgré tout, a agi comme vous l'attendiez. Puis... Bon, après l'appel, je suis revenu. Une question de minutes, Alvia.

Il se rapprocha, ce qui semblait complètement impossible.

Et ils ne m'ont pas vu. Ni au départ ni au retour. J'ai pu le faire à partir d'ici. Demandez le continent et, à travers lui, la maison de Kelf dans la Grande Ville, mais l'opérateur l'aurait remarqué. Maintenant, nous sommes tous les deux.

Elle ne dit rien, mais fit un pas en arrière, s'écartant un peu.

"Alvie.

"Oui ?

"Je vais rester. Vous avez bien compris ?

Secoua la tête.

« Kelf est toujours là, comme je vous l'ai dit.

Il recula un peu ; à la porte.

Volmen ne bougea pas, il la fixa juste.

"Kronos a dit...

« Vous me l'avez déjà expliqué auparavant, et la réponse est la même.

« Kelf... ?

"C'est comme ça. Il ne compte pas, mais il vit. Lui et Frida.

« Kronos s'en moque.

Elle ouvrait la porte quand elle pencha la tête pour le regarder.

« Nous en avons parlé plus tôt, Volmen.

Il finit de l'ouvrir et Volmen se tenait là au centre de la pièce, les yeux fixés sur son dos.

Il vit aussi comment il la referma, après en avoir franchi le seuil.

* * *

Alvia ouvrait la porte.

Il détestait Alvia ; Il l'avait toujours détestée, et pas à cause d'elle-même, mais à cause de Kronos.

Puis vinrent les enfants, et il la haïssait encore plus ; presque avec une haine irrationnelle, typique d'une sale bête

Comme elle le détestait.

Kelf en était sûr.

Il se refermait derrière elle, et elle cligna un peu des yeux quand elle alluma la lumière.

"Ton !

C'était un murmure, très léger, mais néanmoins il entendit avec une parfaite clarté.

Il la pointait sur elle et elle le regardait avec de grands yeux.

"Depuis...-, depuis quand es-tu ici, Kelf...?

Un nouveau murmure, mais clair, clair comme le tube de verre qui avait explosé il y a des millénaires dans ses mains, provoquant sa cécité.

«Ça fait longtemps, même si je ne sais certainement pas. Allez, Alvia, vas-y et assieds-toi. Là sur le lit. C'est un bon endroit pour vous; le meilleur.

"Kelfe...

"S'asseoir.

"Kelfe...

"Oui...?

"Qu'est-ce que... qu'est-ce que tu vas faire de moi ?

« Je pourrais finir tout de suite, mais je ne veux pas. Je n'en veux pas, malgré tout, tu comprends ? Mais je peux changer d'avis. C'est à vous de décider.

« Que dois-je faire ? Savez-vous pour l'appel... ?

Kelf a répondu, en inversant l'ordre des questions, en donnant la réponse :

« Je l'ai entendu. Concernant l'autre... asseyez-vous.

Elle ne répondit pas pour le moment, elle s'approcha de lui, le dépassa, le frôlant, frôlant également le canon de l'arme, qui la pointait sans cesse entre ses seins, et s'assit à l'endroit où Kelf l'indiquait.

Se demandant si Kelf saurait que Volmen était dans la pièce voisine, dans laquelle il servait de salle à manger, et il dit oui, puisqu'il prétendait qu'il était au courant de l'appel du continent ; Je l'avais entendu.

Mais ce qu'il a répété, c'est :

« Qu'est-ce que tu vas faire de moi ?

"Parlez.

"Seulement ça?

"Oui.

Alvia regarda autour d'elle.

— Ils te cherchent, Kelf. Kronos vous cherche partout sur la planète.

« Cela signifie qu'ils pensent que j'ai réussi à m'échapper de la grande ville.

— Ça ne veut rien dire, et tu le sais.

C'était une vérité ; plus que cela, une grande vérité.

« Je sais » répondit-il, « Qu'est-ce que tu vas faire de moi ? Tu le sais. Tu étais dans la Grande Maison, avec Kronos et Volmen.

« J'aime Volmen.

"Je sais" sourit-il. Je t'ai entendu récemment dire que je ne t'aurais pas tant que je n'aurais pas été tué. S'il le fait, Alvia, Kronos et le président vous achèveront tous les deux.

"Je sais aussi.

"C'était un changement de conversation et Kelf n'en voulait pas, alors il a continué comme au début.

"Parle, Alvia" dit-il. Je t'écoute. Qu'en pense la Grande Maison ?

"Je ne sais pas. Et maintenant tu peux m'achever, Kelf, je ne clignerai pas des yeux ni ne tremblerai. Qu'est-ce que tu attends ?

"Encore une question.

"Oui...?

« Les Robots-Gardiens des rampes, Alvia.

Elle le regarda avec de grands yeux.

« Tu es fou, Kelf, si tu penses que tu vas quitter la Planète comme ça !

"Je vais essayer..., et peut-être que je déciderai de t'emmener avec moi.

« Kronos ne le permettrait pas.

"Mais je le fais… et, il est très loin… malgré qu'il soit si proche. Au moins pour vous.

Il pensait à Volmen, qui n'entrait pas, qui était là, à quelques mètres d'eux, et qui portait aussi une arme.

Réplique exacte de celle que Kelf tenait dans sa main.

« Vous ne le ferez pas.

"Pourquoi?

— Parce que je te tuerais, Kelf, même si c'était près des étoiles. Tu m'as toujours détesté parce que je n'ai jamais voulu te donner d'enfant et parce que Kronos m'a envoyé vers toi, quand tu voulais Frida.

Lève-toi, Alvia.

"Ce…?

" Que tu te lèves…, et que tu marches vers la porte

"Pour quelle raison?

« Je veux voir Volmen. Je sais qu'il est là depuis qu'il est entré avec toi. Kronos l'a envoyé, mais pas pour ce que vous pensez.

"Que veux-tu dire?

« Kronos n'est pas encore sûr de vous, de votre participation à ma tentative de le détruire, et il vous observe. Personne mieux que Volmen pour le faire. Il n'y a pas de sentiments, ils sont interdits sur la Planète, Alvia, mais pas quand ça arrange Kronos. C'est la vérité.

« Vous ne pouvez pas affirmer cela.

« May I. Je suis le seul à pouvoir, et vous le savez aussi.

Alvia se leva, quitta le bord du lit, et se tourna vers la porte, commençant à marcher.

CHAPITRE IX

Il ne fit que deux ou trois pas, s'arrêta et lui fit face :

« Que voulez-vous de Volmen, Kelf ? Le tuer ?

« Je vais vous parler de Frida. Comment Kronos a rompu avec elle. Allez, marche.

Alvia tourna de l'autre côté, fit un autre pas, et la porte s'ouvrit pour encadrer Volmen dans l'embrasure de la porte.

Elle mit ses mains sur ses seins, s'écarta, et ils pressèrent tous les deux les déclencheurs en même temps, et les deux rayons cosmiques trouvèrent leur destination.

Volmen a disparu avec un éclair de lumière, le mur derrière lui après avoir littéralement percé la soi-disant salle à manger, la porte qui donnait accès à la rue et là il s'est perdu contre le mur de la maison sur le trottoir d'en face, non sans laisser un immense trouée, témoin muet de son passage.

De son côté, Kelf le reçut torse plein, se retourna complètement, et tomba au sol les bras et les jambes croisés, comme une poupée désarticulée.

Les yeux écarquillés, la regardant, la voyant clairement, mais incapable de bouger ou de prononcer un mot.

Conscient de ce qui se passait autour de lui, mais complètement paralysé.

Il la vit se pencher sur lui en souriant, se pencher de plus en plus vers ses lèvres, l'embrasser, lui prendre le pistolet des mains et se rapprocher du panneau mural.

Il le déplia sans perdre son sourire, il décrocha le micro-téléphone automatique, le porta à sa bouche et dit :

« Kelf est ici avec moi. Venez le trouver.

Elle se tourna pour le regarder, après avoir fermé le panneau, et s'approcha.

« Je sais que tu m'entends, même si tu ne peux pas me voir, Kelf, tu comprends ? Et c'est ta fin. Je... je vais rejoindre le Conseil. Je prendrai ta place à table et toi... tu disparaîtras, ..

Ils frappaient à la porte.

Il s'écarta d'elle et l'ouvrit.

Les yeux de Kelf la suivaient jusque dans ses moindres mouvements, alors qu'elle faisait face aux deux Robots-Gardiens qui venaient l'emmener,

Elle était belle, très belle, mais il la détestait.

Il l'avait toujours détestée.

Et il souriait toujours quand ils sont venus l'emmener.

Mais il ne l'accompagna pas à la Grande Maison.

Il restait là, dans lequel ils avaient partagé quelques années ou trois, Kelf n'en était pas sûr car le temps ne comptait pas pour lui avec les beaux yeux bridés fixés sur la brèche qui ouvrait le rayon cosmique qu'il lançait sur Volmen .

Peut-être pensait-elle à lui, peut-être se souvenait-elle du passé, de ses caresses et de ses baisers ; Ou peut-être était-ce simplement qu'après ce qui s'était passé, et voyant comment ils l'avaient emmené, il ne savait pas comment réagir.

Ou peut-être pensait-il à Volmen, qu'il ne reverrait jamais. Kelf ne savait pas.

Il était sur le chemin de la Grande Maison quand il a perdu connaissance.

* * *

Ils ne l'avaient pas attaché.

Ce fut la première sensation qu'il ressentit lorsqu'il la recouvra, et il regarda autour de lui.

Ils étaient tous assis autour de la table, exactement comme lui.

Mais pas dans la même chaise qu'il occupait d'autres fois, pas dans celle des Damnés.

Devant les siens, les yeux du Président, et le silence impressionnant.

Il prit une profonde inspiration et attendit.

Ce n'était pas grand-chose.

Le silence a été rompu par le président lui-même avec une question :

« Tu es d'accord, Kelf ?

Il savait ce que tout cela signifiait, alors il répondit calmement :

"Oui.

Il tourna la tête, puis il les vit.

Une double rangée de Robots-Gardiens se tenait le long des murs, armes à la main.

Pendant des générations, Kelf s'était senti important, mais jamais comme cette fois.

Kronos et le Grand Conseil avaient peur.

Ils avaient peur de lui ; en d'autres termes, ils n'étaient pas sûrs de ce qu'il pouvait faire contre eux, malgré le voir là, complètement sans défense.

Il regarda le président.

Les orbites enfoncées, fixées dans ses yeux, scintillaient comme des diamants.

"Viens à Alvia.

Il ne savait pas à qui il donnait l'ordre et ne tourna pas la tête pour regarder.

Tout simplement, Kelf continuait d'attendre, conscient de ce que serait désormais son destin, mais il se trompait sur toute la ligne.

Elle entendit un léger bourdonnement, à sa gauche, et devina que le mur s'ouvrait d'un côté pour la laisser passer, mais elle ne regarda pas.

Il resta immobile, impassible.

Et cela continua de la même manière quand Alvia entra à portée de ses yeux, et s'approcha de la table.

Elle s'arrêta, les mains derrière le dos, froide et impassible, distante, silencieuse, attendant la prochaine question qui ne tarda pas à venir.

« Saviez-vous que Kelf allait détruire Kronos ?

"Ne le fais pas. Il ne m'a jamais dit

"Pourquoi ?

« Kelf me détestait.

"Explique cela.

« Il a des sentiments. Il a aussi des idées et c'est interdit sur la planète. Et ces sentiments sont allés à Frida, qui vivait avec Volmen.

"Quoi d'autre ?

« Il n'a jamais voulu d'enfants et Kronos a ordonné que nous en ayons.

« Tu dis la vérité ?

"Oui

Il y eut un léger silence que le Président, dans son rôle d'Interrogateur, brisa :

« Avez-vous vu comment il a tué Volmen ?

"Oui. Kelf l'a fait sous mes yeux.

Encore une nouvelle pause, que le Président termina par une question de plus, mais celle-ci adressée à Kelf :

« Qu'as-tu à ajouter à ce qu'Alvia a dit, Kelf ?

"Tout.

Alvia le regarda avec surprise.

Sans doute, il ne s'attendait pas à cette réponse, prononcée sur un ton froid et impersonnel, comme s'il se moquait bien du procès qui se tenait contre lui devant les membres du Conseil, auxquels il appartenait, jusqu'à ce qu'il ait l'idée de détruire Kronos.

"Tu peux rentrer chez toi, Alvia" répondit le Président. Et attendez là. Kronos vous alertera. N'a pas répondu.

Silencieusement, il se tourna et se dirigea vers le panneau. Le bourdonnement se répéta, mais Kelf ne le regarda même pas.

Exactement comme quelques minutes auparavant, ses yeux étaient fixés sur le Président, qui le regardait à nouveau, tandis que les autres députés restaient sans voix, mais sans cesser de l'observer :

« Pourquoi vouliez-vous détruire Kronos ?

« Il met fin aux Robots-Êtres. D'une manière ou d'une autre, c'est le cas.

"Que veux-tu dire?

Kelf laissa s'écouler quelques secondes de silence avant de répondre, quand il le fit enfin, sa voix monta un peu plus haut :

« Cela nous transforme en Robots, nous enlève notre Être. Vous, Président, tous ceux-là et moi. Et ceux du sexe opposé.

— Ce sont des idées, Kelf.

«Je les ai, et il ne peut pas être aidé. Vous n'y pouvez rien, et vous le savez. Cronos aussi.

« Il est le seul à pouvoir les avoir. Cronos réfléchit.

"Je sais. Mais je lui ai donné mes idées, mon pouvoir, maintenant il ne peut pas me demander de ne pas les avoir. Vous, et quelques autres comme vous, Président, m'avez aidé dans la tâche et ensuite il a créé les machines. les Êtres-Robots, qui par étrange paradoxe, croient en la Planète et en même temps la détruisent.

"Je ne comprends pas cela.

« Non... ? Eh bien, si c'est le cas, Monsieur le Président, allez vous-même à l'un des désintégrateurs et terminez avec vous-même. C'est une solution. Kronos ordonne et les autres obéissent. C'était l'idée, mais jusqu'à un certain point. Nous ne pouvons pas penser, nous ne pouvons pas avoir d'idées, et nous sommes contrôlés dans les moindres détails.Même en amour.Par conséquent, Kronos doit être détruit.

Il y eut un murmure, qui s'interrompit aussi rapidement qu'il avait commencé lorsque le Président leva une de ses mains, le fixant avec une étrange fixation.

« Tu es fou, Kelf ! « C'est ce qu'il a dit, après quelques secondes de silence.

Kelf se leva, les dominant de sa stature avec le Pouvoir qui semblait émaner de sa silhouette de titan.

« J'ai des idées, Président », déclara-t-il froidement. Des idées qui vont changer la planète.

— Kronos n'en veut pas, Kelf. Et c'est tout.

"Tout...?

« Vous ne pouvez pas avoir d'idées. Ceux-ci viennent de Kronos. Par conséquent, vous êtes un danger, qui doit disparaître. Il est devenu un penseur, et maintenant il le fait pour tout le monde. Ce sont les règles. Il t'a aussi donné Alvia, et tu l'as refusée. Vous avez vu sa déclaration, Kelf, et c'est en soi la fin. La sentence est... la mort, mais vous n'allez pas mourir.

"Ne pas...?

Il y avait de l'étrangeté dans sa voix, mais aucun d'eux ne le remarqua.

"Ne le fais pas. Kronos te donne quelque chose de plus... de plus spectaculaire. Tourne le dos.

« Ce que vous avez à faire sera droit devant.

Il y eut une hésitation, un léger doute, que le Président coupa :

— Rien ne va t'arriver, Kelf. Ce sont des ordres de Kronos, et il ne ment pas. Nous voulons juste que vous voyiez une chose par vous-même.

À ce moment-là, Siegel leva la main et le visage horrible du président se tourna vers lui.

« Veux-tu poser une question, Siegel ? s'enquit-il.

"Juste un.

"Fais-le.

Il regarda Kelf.

« Il y a eu un appel du continent, Kelf, dit-il. L'opérateur a dit que quelqu'un vous a dit de ne pas faire quelque chose. Était-ce la destruction de Kronos ?

"Oui.

« Qui était votre communicateur ?

"Je sais pas.

Siegel réfléchit rapidement, réalisant peut-être que ce n'était pas seulement une question qu'il posait, mais plusieurs autres, et il en lança une autre :

« Tu veux dire que tu ne connais pas l'identité de la chose qui est venue des étoiles pour communiquer avec toi ?

« Des étoiles... ? » Il rit, et ajouta quand l'excès d'hilarité le laissa faire : « Personne n'est venu des étoiles pour m'avertir. C'est un autre mensonge pour moi de Kronos et du Grand Conseil.

"C'est ça, Président," répondit Siegel.

Mais il l'a fait alors qu'il se tenait déjà avec ses mains noueuses sur la table, le fixant.

« Le procès est terminé, Kelf, dit-il. Et maintenant, tournez le dos à la table. Je dois te montrer quelque chose.

Il ne doutait plus.

Il le fit lentement, tandis qu'un léger bourdonnement résonnait à nouveau, mais différent de celui qui avait précédé l'entrée d'Alvia dans la Grande Salle du Conseil.

Devant lui, à moins d'un demi-mètre, le sol a commencé à se soulever et une table en métal est apparue.

Une table et un verre avec un liquide incolore à l'intérieur.

« Bois ça, Kelf.

Le bourdonnement s'était arrêté et la table était immobile.

« Est-ce la mort ? » je demande.

« C'est le Voyage, Kelf. Kronos ne va pas vous tuer.

Que signifie ce voyage ?

« Buvez et vous saurez.

Il haussa les épaules, tendit la main ; il prit le verre ou son équivalent et le porta à ses lèvres.

Kelf a bu.

Il n'a remarqué ni odeur ni goût, et a fait un mouvement pour se tourner vers la table, mais n'a pas pu terminer le tour parce qu'avant son esprit s'est embrumé, et il est tombé en roulant sur le sol.

Il s'est réveillé beaucoup plus tard, des heures, des jours, des mois ou des années plus tard.

Kelf avait perdu la notion de l'espace-temps.

Il regarda autour de lui, éprouvant la sensation qu'il flottait dans le vide et que son corps reposait sur quelque chose de doux.

Il regarda et vit les sangles.

Une couchette.

ET COMPRIS !

Cronos n'avait pas menti.

Il voyageait, peut-être vers les étoiles, et il se demandait pourquoi.

Son esprit, complètement lucide, posait question après question, tandis que ses mains, travaillant indépendamment avec son cerveau, se dirigeaient vers les sangles.

Il s'est levé.

Il portait des semelles magnétiques, qui le maintenaient collé au sol de la cabine circulaire.

Circulaire et immense.

Le voyage serait long.

Il l'a compris en voyant le panneau de contrôle, où les lumières s'allumaient et s'éteignaient, l'écran de télévision, et surtout les commandes.

Il savait comment les gérer.

Kelf s'avança vers les panneaux.

Il en ouvrit un, traversa le navire de l'autre côté et répéta l'opération avec le second.

Étoiles brillantes et noirceur de l'enfer.

Le Cosmos des deux côtés, et l'impressionnant silence de l'espace qui semblait également avoir envahi le vaisseau spatial à l'intérieur duquel il se trouvait à ce moment-là.

Même quand?

CHAPITRE X

Kelf a essayé de les fixer sur ses rétines, en les comparant aux milliers et aux milliers qu'il avait vus lors de voyages précédents, et sans succès.

Des étoiles et des constellations, qui semblaient voyager dans l'espace, à reculons rapides, toujours à reculons.

Il s'est éloigné de là.

La sensation d'apesanteur n'existait pas à l'intérieur du vaisseau.

Les lumières continuaient de clignoter devant ses yeux, provenant du tableau de bord, et l'écran de télévision restait complètement blanc.

Appuyer sur l'un des boutons, essayer d'entrer en contact... avec qui ?

Avec personne.

Il n'y aurait aucun contact.

Cependant, il pourrait faire demi-tour et le ramener sur la planète.

Mais non, ce ne serait pas possible non plus ; Kronos et le Président auraient tout prévu pour qu'il ne revienne pas, ou, sinon, il serait déjà mort.

Comme Frida.

FRIDA !

Il l'avait complètement oubliée.

Lentement maintenant, Kelf s'approcha du panneau de contrôle, et ses doigts, indépendamment des dictats de son cerveau, jouaient avec les boutons, tandis que ses yeux avides examinaient tout ce qui se trouvait devant lui.

Étudier le contrôle du vaisseau spatial dans ses moindres détails, mais sans pouvoir chasser de son esprit la question qui le hantait.

Où l'envoyaient-ils ? Quelle était son orbite ?

A travers le Cosmos, sans Au-delà ?

Je ne savais pas, je ne le savais pas.

Retour retour ...

Il savait qu'il ne pouvait pas, pour les raisons évoquées ci-dessus, et pourtant après quelques longues secondes d'hésitation, Kelf saisit l'une des commandes et tira vers lui, essayant de détourner le vaisseau intersidéral de sa trajectoire.

Cela n'a pas réussi.

Inversement, essayer de lui faire tourner à gauche, en regardant les cadrans électroniques, et maintenant il l'a fait, mais c'était très peu.

Trois degrés pas plus, mais d'elle-même, une fois la commande relâchée, elle a redressé sa route et a continué à marcher dans le vide.

A ce moment précis, l'indicateur rouge sur l'écran devant lui s'éclaira et, impuissant, Kelf réalisa qu'il allait s'allumer, et il retint son souffle.

C'était comme ça.

D'abord confusément, et avec une netteté parfaite plus tard, il vit devant lui le visage cadavérique du Président.

A côté de lui, la toujours belle Alvia, qui lui souriait.

"Bonjour, Kelf, je suppose que vous appréciez le voyage. Comme je vous l'ai promis devant le Grand Conseil, vous n'êtes pas mort, mais vous vous êtes mis en route. Et vous ne retournerez pas sur la Planète. N'essayez pas, comme avant, parce que vous échouerez.

Kelf ne répondit pas.

Ses yeux semblaient ne regarder qu'Alvia, peut-être parce qu'il savait qu'elle le voyait aussi, peut-être à des milliers de kilomètres de là.

« Tu m'entends, Kelf ?

Maintenant, il a répondu :

"À la perfection.

"N'essayez pas parce que...

« Je l'ai déjà entendu.

« Des précisions ?

"Certains. J'aimerais savoir...

« Je sais ce que vous voulez savoir, Kelf » interrompit le Président, « et je vais vous le dire. Écoutez attentivement, c'est le premier et le dernier contact avec vous, il n'y aura donc aucune occasion de le répéter. tu es prêt ?

"Je suis.

— Il n'y a pas d'orbite dans le voyage, Kelf. Non, cela peut donc durer des millions d'années, jusqu'à ce que le vaisseau dans lequel vous voyagez se désintègre parce qu'il est vieux ou qu'il va entrer en collision avec un astéroïde ou avec l'une des planètes que vous pourriez rencontrer sur votre chemin " il s'est arrêté et a demandé " : Ensemble sur ta main gauche il y a un bouton jaune, Kelf, tu le vois ?

"Oui.

« Il s'allumera quatre fois au fur et à mesure que vous marcherez dans l'espace. Seulement quatre, avec des intervalles de trois mille années-lumière chacun. Ce n'est qu'alors que vous pourrez diriger le navire à votre guise et pendant vingt-quatre heures. Assez longtemps pour que vous trouviez une planète sur laquelle vous reposer... pour y rester, si vous le souhaitez. Si vous ne l'aimez pas, il vous suffira de rentrer avant ces vingt-quatre heures car, si vous ne l'aimez pas, vous devrez rester une fois pour toutes, puisque le navire prendra son envol complètement seul. Et gardez une chose à l'esprit, que vous soyez à l'intérieur ou non, vous n'atteindrez jamais la Planète car, après la période de temps spécifiée, le pilote automatique, qui ne peut être déconnecté que d'ici, le maintiendra sur le cap qui continue maintenant. . Autre chose, Kelf ?

"Une seule chose," répondit-il rapidement, et avec un calme si froid qu'à des milliers de kilomètres de là, il fit ouvrir les yeux à Alvia, dans un étonnement inhabituel.

"Je t'entends.

« Que se passera-t-il lorsque le jaune brillera pour la dernière fois ?

« Vous choisirez une autre planète, une autre étoile, mais ce sera votre dernière chance.

« Et si je ne le fais pas ?

« Vous voyagerez éternellement, Kelf, pendant des millions d'années, ou jusqu'à ce que vous mettiez fin à votre vie vous-même, Kelf écrasant le navire contre n'importe quel obstacle. N'oubliez pas que vous pouvez le faire. Trois degrés vers la gauche pendant quatre minutes, c'est plus que suffisant.

Quelques secondes de silence suivirent.

Sur l'écran, Alvia garda les yeux fixés sur lui, sans un seul clignement.

Situé à la droite du Président, ni ses yeux, ni son visage, toujours beau, parfait, ne laissent transparaître ses émotions, s'il en avait réellement à ce moment-là.

Kelf lui-même l'a cassé, avec une question :

« Depuis combien de temps suis-je ici, inconscient ?

"Trois jours, Kelf. Chose insignifiante, si l'on ne tenait pas compte du fait que tu t'éloignes de Kronos à une vitesse trois fois plus rapide que la lumière.

Il frissonna, incapable de s'en empêcher.

C'était... comme si le Grand Conseil, et avec lui Kronos lui-même, l'envoyait aux confins de l'Univers.

En dehors de l'Univers lui-même.

« Pour survivre, vous trouverez des tablettes et des fournitures sur le navire, Kelf. Kronos pense à tout. Cela vous durera des milliers d'années... mais vous devrez descendre du navire, qu'on le veuille ou non, pour continuer à vivre. Ta composition biochimique n'a pas tenu compte de tes besoins alimentaires, Kelf.

« Oui, je sais. Y a-t-il autre chose que j'ai besoin de savoir ?

« C'est tout » il pencha la tête pour regarder Alvia et demanda à Kelf « Voulez-vous lui dire quelque chose ?

Kelf secoua la sienne.

"Non" répondit-il. Tout.

Alvia ne dit pas un mot non plus, mais maintenant elle souriait.

« Attends une minute, Kelf.

"Oui...?

« Vous pouvez éclairer cet écran à volonté, comprenez-vous ? Vous pourrez voir votre propre vie et ce que vous voulez. Et des choses sur la planète. Avec ça, tu ne l'oublieras pas.

Kelf ne dit rien.

Les yeux d'Alvia le hantaient.

Des yeux qui souriaient, comme sa bouche rouge, comme une plaie qui saigne.

Que je ne verrais jamais.

Soudain, l'écran devint noir et Kelf se sentit infiniment petit.

Trois jours à voyager à cette vitesse...

Il secoua la tête, il ne voulait pas continuer à réfléchir, mais il lui était impossible de le faire, alors il alluma l'écran.

Des morceaux presque oubliés ou complètement oubliés, de son passé, commencèrent à défiler sous ses yeux.

Donc encore et encore, beaucoup plus, jusqu'à ce que l'INFINITE apparaisse devant lui.

Le temps ne comptait pas.

Ni les bras, les baisers et les caresses de Frida ou d'Alvia. et celle d'autant et d'autant de femmes qu'elles l'aimaient, dans ces milliers d'années de longévité.

Plus rien ne comptait pour lui, pas même sa propre existence.

Dans le Cosmos, le vaisseau intersidéral poursuit sa marche inexorable, laissant derrière lui les soleils, les étoiles, de nouvelles Constellations jamais vues depuis la Planète de la Galaxie I.

Encore et encore le laboratoire, l'explosion, l'inhalation du gaz mortel et la mutation, dont les premiers effets atteignirent leurs yeux, leur faisant retrouver une nouvelle vue alors que la science de l'époque avait déjà tout conclu.

Les années, Alvia, Kronos, Frida..., et cet appel pour l'avertir de ne pas le faire, de ne pas bouger de chez lui au moins jusqu'à ce qu'il ait parlé avec son communicateur.

Elle aurait dû l'attendre.

Volmen, le Grand Conseil, dont il faisait partie sur la Planète, en tant qu'Être-Robot qui a donné vie et forme à Kronos.

Kelf dormait et mangeait comme un automate, se demandant mille fois si l'espace n'explosait pas son cerveau.

Ou peut-être était-ce le Temps.

Mais le temps ne comptait pas dans l'Univers, ni dans le Passé, le Présent ou le Futur.

Il n'y avait pas de Futur là-bas.

Seulement un navire et un Voyage aussi infini que l'infini lui-même où il a fallu le retrouver pendant des siècles.

Kelf sortit de son apathie quand, soudain, le bouton jaune vacilla devant ses yeux, puis se figea.

Allumé.

Hésitant, il s'approcha des commandes, les prit, puis les toucha du bout des doigts.

Rien ne s'est passé.

Puis il tenta de faire dévier le navire sur sa droite et, avec une docilité qui le surprit, fut obéi.

VINGT-QUATRE HEURES!

C'était le temps qu'il avait.

A cette vitesse, largement suffisant pour trouver une planète, peut-être habitée par d'autres êtres, même s'ils en étaient différents.

Kelf aspirait à la compagnie, quelle qu'elle soit.

Kronos savait comment bien faire les choses avec lui.

Mais il n'a pas eu de chance.

Après une courbe qui lui a pris six heures et demie, Kelf a démarré les moteurs à réaction et est descendu jusqu'à la croûte d'un astéroïde.

Inhospitalier, matériellement recouvert de roche calcaire et de poussière cosmique, environ mille milles carrés.

Une sorte d'île du Cosmos qui voyageait à deux fois la vitesse du son, se courbant vers le soleil, qu'il voyait briller comme une braise dorée à travers les lunettes qu'il portait.

De l'autre côté, l'ombre.

Invisibilité, si on peut l'appeler ainsi.

Découragé, après trois heures supplémentaires d'exploration, vêtu d'une combinaison spatiale et de chaussures spéciales, il retourna au vaisseau, ferma hermétiquement les portes, prit quelques comprimés et s'étendit sur la couchette, ajustant les sangles.

Il s'est endormi.

Quand il se réveilla, il voyageait à nouveau, ayant le soleil à sa gauche et les étoiles d'une nouvelle constellation à sa droite.

Il alluma l'écran.

Il aurait mieux valu finir d'un coup, finir comme Frida ou Volmen, et comme tant et tant d'autres, avant de défier le Pouvoir de Kronos, un Pouvoir qu'il avait lui-même créé, d'être détruit par ce même Pouvoir.

De nouveau et devant ses yeux, tout son passé s'est évanoui, et il a revu les visages de Frida et Volmen, et le sien, avec Alvia.

Des guerres, des catastrophes et le premier Conseil de la Planète à s'occuper de Kronos.

Sa tentative de destruction, la voix téléphonique de l'autre Continent, et sa fuite, après s'être débarrassé des Robots-Gardiens.

L'écran était vide.

Kelf se leva et resta longtemps les yeux fixés sur les constellations à sa droite, tandis qu'à sa gauche le soleil qui l'avait illuminé jusque-là commençait à disparaître rapidement au loin,

Alors la noirceur de l'espace enveloppa tout, comme un manteau mortel.

Il retourna à la couchette et s'allongea.

Kelf s'endormit, caressé par les bras aimants de Frida.

Mais Frida n'existait plus.

* * *

Kelf a découvert la planète alors qu'il y a seulement une demi-heure, la lumière jaune sur le tableau de bord s'était allumée.

Il éclaira l'écran, tandis que les jauges lui montraient le corps céleste se déplaçant presque devant lui, à une distance de cinquante mille milles.

Il commença à ralentir le navire, qui obéit automatiquement.

A sa gauche, un peu élevé au-dessus de ce qu'on pourrait appeler l'horizon de l'engin spatial, le soleil qui illuminait la planète restait fixe dans l'espace.

Exactement comme celui qui maintenait en vie les êtres qui peuplaient la planète.

L'écran s'éclaira.

Kelf retint son souffle et regarda.

C'était encore loin, très loin, mais ce serait bientôt à portée de main.

La formule perdue, le secret qui vous accompagnera pendant des millénaires...

Il secoua la tête pour ne pas réfléchir.

La distance se rétrécissait plus lentement maintenant.

Les freins du navire fonctionnaient parfaitement.

Plus tard, après avoir lu les données que les instruments du vaisseau lui montreraient, sur la densité et la gravité de la planète, sa composition atmosphérique et tant et bien d'autres choses à son sujet, il inclinerait le vaisseau spatial, cherchant le bon angle pour entrer dans son atmosphère. .

Il l'a fait sur une zone nuageuse, et le souvenir de la Planète et de Kronos s'est enflammé dans son esprit de telle manière que, pendant quelques secondes, les battements rythmiques de son cœur ont été altérés, pensant que cela pourrait être celui-là.

Ce n'était pas.

Il l'a su dès qu'il a franchi la barrière des nuages, tandis que, devant ses yeux et à une vitesse fantastique à travers l'écran de télévision, des rivières, des mers, des montagnes, des vallées, des herbes et des lacs glissaient.

Ce n'était pas la Planète, mais elle avait une atmosphère et une vie végétale.

L'autre... pouvait exister ou non, mais pour le moment, Kelf s'en fichait, pas un peu, pas beaucoup.

A ce moment, il ne voulait qu'une chose, descendre à sa surface.

Mais il ne s'est pas précipité.

Kelf prit de la hauteur, après avoir choisi l'endroit où atterrir le vaisseau, le fixant avec les instruments à bord, et resta en orbite au-dessus de la planète jusqu'à ce que, dans cette partie de celle-ci, la nuit tombe.

CHAPITRE XI

Zholta avait peur.

Pour la première fois depuis longtemps, Zholta savait qu'il allait mourir et il tremblait.

Sa mort serait horrible.

Elle ne comprenait pas la raison de tout cela, mais ça devait être comme ça, et ce serait comme ça, parce qu'ils le voulaient comme ça.

Elle attendait, assise sur le sol dur de la grotte, à peine recouverte d'une sorte de tunique faite de morceaux de liane et de feuilles de certaines espèces d'arbres, et les mains liées dans le dos.

Et cela se produirait lorsque la deuxième des trois lunes qui illuminaient la planète atteindrait son zénith.

Ils ne la comprenaient pas et il n'y avait donc aucune raison de leur expliquer les choses.

Cela ne ferait qu'aggraver leur situation.

Zholta ferma les yeux ; Je savais qu'ils seraient bientôt là.

C'était comme ça.

La peau recouvrant l'entrée de la grotte fut écartée et, quelque peu surprise, Zholta ouvrit les yeux et les regarda.

Ils étaient cinq, mais dehors, il y en avait plus.

Ils étaient les composants du peuple assyrien, vieux de plusieurs milliards d'années.

Les descendants de ceux qui ont d'abord habité la planète.

"Se lever.

Zholta le fit, laborieusement, les regardant toujours face au plus âgé d'entre eux.

Avec une longue barbe, la même que les autres, avec des muscles puissants, des pommettes très saillantes, des jambes fortes et courtes, et des bras démesurément longs avec un nez aplati, et une tête, dans l'ensemble, complètement carrée, à l'exception de la nuque, qui était un peu allongé vers l'arrière.

"Avez-vous quelque chose à dire ?

Zholta les regarda une fois de plus.

Presque couvert de poils, à certains endroits longs et épais, bouclés, comme s'il s'agissait de poils, et à peine couverts…, comme les êtres qui peuplaient une planète appelée Terre, il y a des milliards d'années.

C'était comme si, tout à coup, le passé prenait vie dans cette Terre dont les Assyriens n'avaient pas la moindre idée.

Zholta non plus.

Même si c'était différent, à tous égards

"Tout.

"Savez-vous quelle est la peine

« Oui, mais je n'ai pas peur.

Il fit un pas vers l'entrée de la grotte.

"Attendre.

« Pourquoi, Kerr ? Cela ne mène nulle part.

"Je ne sais pas encore.

Zholta a fait un autre pas en avant.

Dehors, à une courte distance, Kelf descendait le vaisseau sur la planète.

"Attendre.

Il a arreté.

"Pour quoi faire ? répéta-t-il.

« Vous pourriez essayer de vous faire comprendre.

"C'est inutile. Je suis différent de toi, et je dois disparaître.

C'était vrai, mais il y avait autre chose, bien d'autres choses, qui avaient déjà été discutées, étudiées, discutées, pour n'aboutir à rien.

C'était différent et n'était pas compris.

Même lorsqu'il parlait, sa conversation ou ses paroles faisaient peur, même parmi les plus puissants d'Assyrie.

Le chagrin; à mort.

— C'est vrai, Zholta. Allons-y.

Il ne répondit pas et se mit à marcher.

Dehors, les rochers, la lune, les étoiles qui brillaient dans le noir du ciel, les arbres et les grottes qui abritaient les Assyriens.

Tout s'éclairait, car il y avait autour d'une centaine, ou peut-être plus, de haches enflammées, d'où suintait la résine.

Tout un cortège funèbre pour Zholta, qui frissonna en les voyant.

Et le silence, puisqu'aucun son, même inarticulé, n'émanait de ces gorges.

Seuls ceux correspondant à un sexe, sauf pour elle, qui était le contraire.

"Aller.

Il continua à marcher parmi les rochers, où ses pieds, complètement pieds nus, comme ceux des autres, ne laissaient pas la moindre trace, vers l'esplanade entourée de rochers aux bords pointus.

Quelques minutes plus tard, Zholta vit le bûcher et le gros rocher rempli de gravures allégoriques représentant le dieu adverse des Assyriens.

Coiffé d'une tête monstrueuse et repoussante.

Ils allaient la sacrifier là-bas.

Zholta marcha sans faire un seul faux pas, monta le petit escalier qui donnait accès au piédestal qui tenait le dieu, et resta ainsi, attendant que le vieux Kerr s'approche d'elle, comme il l'avait fait.

Il lui détacha les mains et la dépouilla de sa tunique.

Puis il le jeta de côté, un peu à l'écart de la pierre où il allait l'attacher.

« Donne-moi tes mains, Zholta.

Elle l'a fait et les a attachés à nouveau, mais maintenant devant son corps, puis une grosse vigne autour de sa taille nue et étroite, et l'a ainsi attachée à la grande pierre.

« Voulez-vous quelque chose avant que nous ayons fini ?

"Ne pas.

"Pourquoi?

« J'ai lu dans votre pensée.

"Et que voyez vous?

"Trahison.

Kerr convulsa, comme s'il était pris d'un éclat de rire, mais ses petits yeux, presque enfoncés dans leurs orbites, brillaient différemment.

« À quoi et à qui ?

« À l'Assyrie, qui est votre peuple. Tu es vieille, Kerr, très vieille... mais quand même... tu as encore besoin de moi. Un mot de Zholta, et vous les combattriez pour moi, mais Zholta ne le prononcera pas. "Il ferma les yeux et ajouta," Allez-y, Kerr.

"Allez au diable...

Il s'est détourné.

Le silence était sinistre.

Les haches continuaient à illuminer la scène, fantomatique, désormais plantée dans le sol, formant un demi-cercle autour du dieu et de la victime qu'ils allaient sacrifier.

Ils ne parlaient pas.

Mais, en silence, ils ont empilé des branches sèches et des bûches autour du piédestal où se tenait Zholta.

Ils allaient le brûler.

Un seul mot, et peut-être... mais Zholta ne le dirait jamais.

* * *

Kelf a vu le cortège une demi-heure après avoir quitté le navire intermédiaire.

Il y avait une atmosphère et la gravité de la planète était similaire à celle qu'il avait abandonnée il y a six mille années-lumière, mais malgré cela, peut-être à cause de la coutume des autres vols, il avait mis la combinaison spatiale, pas la cloche.

Le pistolet à rayons cosmiques brillait dans sa main.

Cinq cents chargements, et aucun n'avait été utilisé.

Des lumières au loin, mouvantes, donnant l'impression d'être une procession aux flambeaux..., comme si quelqu'un préparait une de ces fameuses danses vaudou du 19e ou du début du 20e siècle, sur la planète Terre.

Kelf s'arrêta net, hésita quelques secondes et continua à marcher, lentement, complètement accroupi parmi les rochers et les broussailles, les suivant maintenant,

L'esplanade.

Derrière un petit massif rocheux il se cacha, violemment étonné du tableau qui commençait à se dérouler sous ses yeux, aussi inattendu qu'incroyable.

Deux êtres du sexe opposé, suivis d'autres, dans un cortège funèbre.

La robe au sol, et elle, complètement immobile, sur le piédestal de pierre.

Kelf toucha légèrement le ressort de détente de son pistolet.

Mais pouvait-il les éliminer comme ça, comme ça ?

Oui, mais il ne devrait pas.

C'était peut-être la raison du grand groupe qui ...

Ils allaient la brûler vive !

Kelf grimaça et les regarda.

Ils parlaient.

Il ne pouvait pas entendre les mots, mais ces êtres, comme les premiers habitants de la Terre, se comprenaient, et pas précisément par des gestes.

Maintenant, il s'éloignait d'elle.

Vieux, très vieux, semblable à un singe.

Kelf a levé le pistolet, mais n'a pas tiré.

Je ne pouvais toujours pas.

Pendant ce temps, le bûcher poussait près de ses pieds.

C'était blond.

Son corps, sombre, brillait à la lumière des torches et de la lune, des trois lunes qui illuminaient cette planète, comme si elle avait sa propre lumière.

Des seins petits, ronds et fermes, comme il aimait, des hanches fermes et des cuisses longues, se terminant par le genou parfait, auquel succédaient le mollet galbé et les petits pieds nus, nus.

C'était beau.

Kelf se dit qu'il devait faire quelque chose.

Les torches se dirigeaient vers elle maintenant, et un murmure s'éleva de la nuit, grandissant de plus en plus.

Ces fous allaient mettre le feu au bûcher.

C'est alors que Kelf a appuyé sur la détente, mais n'a pas visé le groupe.

L'éclair fit un sifflement terrifiant, serpenta entre les torches, et un rocher pesant plusieurs tonnes à une cinquantaine de mètres à droite du groupe s'enflamma en une fusée bleu-orange, explosa et disparut.

Les torches se figèrent et le murmure cessa complètement.

Kelf attendit encore trois secondes et appuya sur la détente.

Un arbre ancien a explosé dans la nuit, illuminant le tableau qui était représenté, et il s'est fondu dans la nuit, en moins d'un cinquième de seconde.

C'est à ce moment-là qu'il se laissa voir, poussé par une idée qui venait de lui venir à l'esprit à ce moment-là.

Il se mit à marcher vers eux, pas à pas, le canon du fusil à hauteur de hanche, et son étrange costume blanc fit ce que les rayons cosmiques ne pouvaient pas.

La déroute.

Il les entendit crier, terrifiés, les torches tombèrent au sol, et leurs pas précipités se perdirent rapidement dans la nuit, parmi les rochers et les bruyères qui infectaient les alentours.

Kelf accéléra le pas, et soudain il se trouva devant ses yeux.

Noir, impassible, comme si ce à quoi il assistait ne le surprenait pas ou n'avait pas peur.

"Qui es-tu?

"Zholta.

"Que faites-vous ici?

« Ils allaient me sacrifier à Asiris. Il est le dieu de leur peuple.

"Tu es different.

"Je sais" il s'arrêta, et fut surpris d'ajouter "Vous... vous venez des étoiles.

Kelf a perdu quelques secondes, avant de répondre :

"Comment le sais-tu?

Les grands yeux noirs s'éloignèrent des siens et il la vit lever les yeux vers le ciel.

« Je leur parle » dit-il simplement.

Kelf ne répondit pas. Il coupa les vignes qui la maintenaient contre la haute pierre, puis la tira d'un coup sec.

Puis il se pencha, ramassa la robe et la lui tendit.

"Couvrez-vous" dit-il.

Il la vit sourire.

« Pourquoi ont-ils voulu te tuer ?

"Ils ne me comprennent pas.

« Est-ce un motif ?

"Oui.

Il nouait sa tunique autour de sa taille étroite, la fixant toujours intensément.

"Vous avez peur de moi?

"Ne pas.

La formule perdue, la rué secrète l'avait accompagné pendant...

C'est alors qu'il demanda :

"Vous venez avec moi?

"Aux étoiles?

Et il écarquilla les yeux.

"Oui, c'est vrai," répondit Kelf.

Un fils, elle pouvait le faire, sa composition biologique était la même que la sienne, sa reproduction aussi.

Il pensa à Kronos, et s'émerveilla qu'à ce moment il n'y avait pas de haine pour lui, ni pour Alvia, qui serait déjà décédée.

Oui, il avait cessé d'exister depuis des millénaires.

Cependant, Kronos durerait toujours.

C'était la Loi de Vie et de Mort.

Il tendit la main et prit l'une des siennes.

"Viens" dit-il.

Ils se mirent à marcher, silencieusement, rapprochés, parmi les rochers, la terre, la poussière et les broussailles.

« Comment es-tu arrivé à cet endroit ?

Il la vit hausser les épaules.

"Je sais pas.

"Que veux-tu dire?

"Ma race vit de l'autre côté de la planète, là où il y a maintenant du soleil... Je... J'ai toujours vu ces environs, donc je pense que certains d'entre eux m'ont apporté quand j'étais tout petit.

« Comment n'as-tu pas tenté le retour ?

"C'était impossible. Même maintenant, ça l'est... Si tu ne m'emmènes pas sur cette chose qui t'a amené ici depuis les étoiles.

« Tu veux que je le fasse ?

"Ne le fais pas. Mais je veux disparaître de cette planète. J'irai avec toi. Zholta ne comprend pas la vie ou la mort. Elle ne comprend pas non plus qu'ils veulent la tuer ou qu'ils s'entretuent. Zholta veut juste la paix et la tranquillité C'est pourquoi il souhaite quitter cette planète " elle a penché la tête pour le regarder, et a continué lentement " : Zholta vous donnera des enfants, Kelf.

Il s'arrêta net, relâchant sa main et lui fit face ouvertement.

« Comment tu sais tout ça ?

« Je lis dans les pensées. C'est un cadeau, Kelf. Alors quand je t'ai vu, j'ai su que tu venais des étoiles... et qu'il y a un Kronos et un Alvia. Qui étaient-ils?

Sans répondre à sa question, il répondit par une autre :

« Télépathe ?

Les yeux de Zholta s'agrandirent.

" Qu'est-ce que c'est ? " Il a demandé. " Je ne vous comprends pas, Kelf.

"Ce que vous lisez dans votre esprit" a-t-il commenté

"Est-ce que ça s'appelle comme ça...? Eh bien, c'est vrai. C'est pourquoi ils rient pour me tuer. Je sais, de chacun, tout le mal et le bon qu'il porte en lui.

— C'est un bonus, murmura Kelf en lui saisissant à nouveau la main et en la tirant.

Zholta a répondu à nouveau, répondant:

"Et bouleversée. Cela enlève la confiance dans les autres, et cela fait que Zholta se retrouve toujours seule. Qui est Alvia?

« Il est déjà mort. Il y a des milliers d'années-lumière, il est mort.

Une fois de plus, il vit sa surprise.

« Je ne comprends pas ce que vous essayez de me dire.

« Je vous l'expliquerai au fil du temps, Zholta... parce que je vais vous donner quelque chose que je ne possède que dans le Cosmos. Ou du moins, c'est ce que je pense.

"Quel est...?

Elle ressemblait à une enfant, ou peut-être l'était-elle, à certains égards, à cause de la façon dont elle posait les questions, de sa curiosité, et Kelf essaya de fermer son esprit à cette autre, peut-être bien plus puissante que son propriétaire ne le soupçonnait.

"Je te le dirai sur le bateau" répondit-il.

Zholta ne répondit pas, car à ce moment la pierre peut-être lancée au moyen d'une fronde ou de son équivalent l'atteignit.

Kelf l'entendit gémir, la vit se retourner et tomber au sol comme un sac, et dut immédiatement se lancer, alors qu'une pluie de rochers commençait à tomber autour de lui.

Les Assyriens, après le premier moment de panique, et voyant leur victime frustrée être emportée, les attaquèrent de la seule manière qu'ils connaissaient.

Kelf rampa jusqu'à elle, qui se tenait parfaitement immobile sur l'herbe, et s'arrêta dès qu'il la rejoignit.

Puis, en se retournant, il les vit.

Pas à tous, mais oui à certains.

Cela pouvait supprimer les rires en quelques secondes, mais ce n'était pas le cas.

L'idée le dégoûtait.

Ils ont fait ce qu'ils croyaient être juste... et non contraint par Kronos ou le Président de la Planète.

Il a tiré deux fois et les rochers qui les recouvraient se sont évanouis en étincelles et en fumée âcre. Pour la deuxième fois, il les vit courir à travers les buissons, les arbres et les rochers, et crier, une fois de plus possédés par le démon de la peur.

Kelf ne perdit pas de temps, il prit Zholta dans ses bras et courut avec elle, sans lâcher l'arme.

Le bateau.

Il monta à l'échelle et entra à l'intérieur, ses poumons sur le point d'exploser, et la déposa sur la couchette.

Il avait soif de compagnie. Il en avait eu besoin pendant des heures, des siècles et des millénaires, et maintenant il l'avait.

Il se retourna et ferma la porte d'accès au vaisseau intersidéral, sachant qu'à l'heure prévue à l'avance, il ramasserait l'échelle et se lancerait dans l'espace, pour reprendre à nouveau le cap prévu, également à l'avance, dans un voyage qui semblait n'avoir pas de fin.

Kelf revint aux côtés de Zholta.

Sur la belle tête, couverte de longs cheveux blonds, il y avait du sang.

Il l'a examinée, sachant que ce n'était qu'une perte de conscience temporaire due à la pierre, puis l'a guérie avec des mains expertes.

Que c'était vraiment.

Dehors, contre la coque du navire, les bruits sourds étaient de plus en plus forts.

Ils les attaquaient.

Kelf ne bougea pas.

Il s'en fichait.

Même s'ils disposaient d'autres armes beaucoup plus modernes, ils ne feraient pas une entaille dans cette puissante coque incapable de fondre même par les frottements les plus effrayants, lors de l'entrée ou simplement de la traversée d'une atmosphère.

Lorsque Zholta s'est remis de son évanouissement, il a vu les étoiles traverser l'espace à une vitesse incroyable en arrière.

Zholta, fascinée par un spectacle qu'elle voyait pour la première fois, s'est approchée d'un des panneaux et pendant longtemps, elle l'a regardé, jusqu'à ce que soudain, elle se détourne de là et cherche Kelf dans tout le navire.

Elle voulait lui demander où ils allaient, guidée, plus que toute autre chose, par sa curiosité naturelle pour tout ce qu'elle voyait. Je l'ai trouvé au labo.

* * *

— Ça fait longtemps que tu n'as pas mangé, Kelf.

Il la regarda.

Elle était belle, très belle, mais il ne l'avait pas encore embrassée.

Il réfléchit à cela, mais ce qu'il répondit fut :

"Oui c'est comme ça.

« Allez, viens avec moi.

Il se rapprochait de lui.

Depuis combien de temps était-il enfermé ?

Zholta se posa la question en se rapprochant, incapable de se donner une réponse concrète.

Jours, mois ou siècles; pour elle, le temps aussi avait cessé de compter.

Retirer des bocaux, comparer des chiffres et encore des chiffres, des papiers déchirés par terre, pleins de chiffres incompréhensibles, les yeux et le visage pleins de fatigue ; les yeux qui la fixaient maintenant, très intensément.

« Va-t'en, Zholta 'l'a entendu dire', c'est presque fini, et je ne veux plus le retarder.

"Qu'est-ce que c'est ?

Kelf se força à sourire.

« Vous lisez dans l'esprit.

— Mais pas le tien, Kelf. Tu me l'as fermé.

« Et vous n'aimez pas ça ?

"Je ne compte pas, puisque ta volonté est la mienne.

« Dans ce cas, vas-y, tu comprends ?

pensa Kelf.

Deux escales de navires... et il a dû trouver un monde pour Zholta. Un monde pour nous deux ; il était essentiel qu'il en soit ainsi.

Deux arrêts, et le voyage qui ne finirait jamais... mais Zholta serait déjà mort quand cela arriverait, et il ne le voulait pas.

Elle ne voulait pas partir, elle continuait à s'approcher de lui, avec une expression dans les yeux qu'il n'avait jamais vue auparavant.

Il faisait le tour de la table derrière laquelle il se tenait, et maintenant il posait ses mains sur ses épaules, se penchant de plus en plus.

"Je vais te donner des enfants, Kelf" murmura-t-il. C'est votre volonté et la mienne, comprenez-vous ?

Et les a écrasés; lèvres contre les siennes.

L'étreinte a duré longtemps, peut-être des heures, et le temps pressait, alors Kelf a dû la repousser, la giflant presque, et, sans vouloir voir son geste de surprise, il a dit :

« Nous perdons du temps, Zholta.

« Et vous n'aimez pas ça ?

« Oui, mais nous ne devons pas. Pas maintenant. Allez m'attendre. Ah ! Allumez l'écran. Tu verras, de tes yeux, des choses que tu t'intéresseras à savoir... et que je ne peux pas t'expliquer.

Il l'embrassa une fois de plus, et, enfin, il se vit seul, devant les flacons du laboratoire du navire, et les chiffres que pendant des mois il avait essayé de reconstituer,

Maintenant, tout était fini.

Il allait donner à Zholta tout son pouvoir, et puis... il brûlerait à nouveau tous ces papiers, toutes ces formules qui étaient un secret depuis des millénaires, même pour Kronos lui-même.

Des idées...

Qu'ils ne pouvaient pas être trouvés sur la planète parce que Kronos les avait interdits.

Bah !

Zholta était devant l'écran quand il s'est approché, tenant un long tube de liqueur d'orange.

"Bois," dit-il.

Surprise, elle le regarda dans les yeux, puis tendit la main et le prit.

« C'est... ce que j'ai vu à l'écran, non ?

"Oui c'est comme ça.

Zholta a bu.

CHAPITRE XII

Il a été surpris, dès qu'il s'est réveillé.

Rien ne se passait à l'intérieur du vaisseau, mais il savait que quelque chose avait changé. C'était son intuition, le soi-disant sixième sens qui l'avait prévenu, et Kelf se leva.

A côté de lui, Zholta dormait paisiblement.

Autour de lui, le navire continuait sa route, mais il y avait autre chose ; quelque chose que je n'ai pas compris.

Ils ne semblaient pas bouger, ou même bouger, ce qui n'était pas inhabituel dans l'espace, mais il y avait un vague sentiment qu'ils flottaient juste, comme s'ils étaient à la dérive.

Kelf s'habilla et courut vers l'un des panneaux, qu'il ouvrit pour regarder.

Noirs

Il alla à l'autre, arpentant le navire d'un bout à l'autre, avec une hâte étrange, et effectua la même opération.

Noirceur, sans un seul point lumineux, pour indiquer l'emplacement des étoiles, simplement parce qu'il n'y en avait pas.

Il passa ses mains sur ses yeux, mais ce spectacle horrible persista.

Il n'y avait d'étoiles nulle part, le vaisseau avait franchi le mur qui séparait les confins de l'Univers, et était entré dans le néant, suivant sa marche inexorable.

Deux arrêts... et l'un d'eux serait de revenir en arrière pendant vingt-quatre heures... ce qui serait inutile, puisque le pilote automatique de l'intersider reviendrait sur la route qu'il suivait maintenant.

Kelf s'est éloigné du panneau et s'est effondré sur la première chose qu'il a trouvée, et c'est ainsi que Zholta l'a trouvé, une heure plus tard.

A partir de ce moment, ni l'un ni l'autre ne sut combien de temps s'écoula, mais ce furent des siècles, pendant lesquels ils naviguèrent, ou du moins ils le croyaient, à travers cette masse noire qui semblait les avoir absorbés à jamais.

C'était un matin, croyait Kelf, quand, au loin, devant le navire, il aperçut les premiers points lumineux.

"Zholta" a presque crié. " Vérifiez-le.

Elle a couru à ses côtés et ils les ont longtemps observés jusqu'à ce qu'ils commencent à faire le tour du navire.

« Ce sont... ce sont des étoiles, Kelf, des mondes qui bougent. Maintenant, je vais te donner les enfants que je t'ai refusés, quand nous entrerons dans cette horreur, Kelf.

Il ne répondit pas, il regarda, et comme il le faisait et avec le temps, son pouls s'accéléra parce qu'il se passait là quelque chose qu'il ne soupçonnait jamais.

Quelque chose de bien plus incroyable que tout ce qu'ils avaient laissé derrière eux !

Les étoiles, les constellations, les nébuleuses...

Kelf passa sa main sur son front et ferma les yeux.

L'image persista... et le navire continua sa marche inexorable, sans pouvoir l'arrêter.

Ils allaient passer et Zholta...

Non, un tel événement ne se produirait pas.

Kelf l'a su des jours plus tard quand, devant ses yeux, la lumière jaune a commencé à briller, et il n'a pas attendu une seconde de plus.

Il a pris les commandes et, sans dire un mot, pendant que votre Zholta se tenait silencieusement à ses côtés, le regardant, fixant le cap.

Des heures qui duraient longtemps ou peut-être des semaines selon son propre jugement, bien qu'il sache que cela ne pouvait pas être puisqu'il n'en avait que vingt-quatre, quand le point devant le vaisseau commença à grandir et grandir.

Les nuages, les déserts, les vallées, les collines, les lacs et les continents sont venus.

« Allons-nous descendre ?

"Oui.

La voix de Kelf était rauque et son front transpirait.

« Quelle étoile est-ce ?

« La Planète, Zholta. La terre. Mère de la Galaxie I

Et même lui-même n'a compris, que bien plus tard, le sens de ses propres paroles.

Il est entré dans l'atmosphère terrestre, avec une seule idée en tête, celle de descendre le plus tôt possible à la surface de la Planète, mais il a choisi au hasard, une zone d'ombre, près de la Grande Cité, à sa périphérie.

Kelf voulait découvrir quelque chose.

Au sol, il se tourna pour la regarder.

« Pouvez-vous gérer le navire ? » je demande.

"Tu m'as montré.

"Je dois découvrir quelque chose, et cela prendra quelques heures", a-t-il poursuivi en expliquant. Tu vas rester, tu comprends ? Ils ne s'habillent pas comme toi, et je ne veux pas que tu attires l'attention. Mais s'il ne revient pas pour une autre raison, vous quitterez la Terre, sans autre aide que celle du vaisseau... et vous ne pourrez pas vous arrêter plus d'une fois. Fais-le... avec les tiens, sur ta lointaine Planète, Zholta. Mais regardez attentivement une chose, cette lumière ne s'allumera qu'une seule fois... et vous ne devriez pas toucher les commandes, lorsque cela se produit. Laissez le navire naviguer seul, comme si de rien n'était, comprenez-vous ?

"Oui.

« Ensuite, attendez qu'il se rallume, puis... trouvez votre planète.

"Mais...

Il n'a pas attendu et Kelf a quitté le navire.

La banlieue.

C'est alors qu'il s'est arrêté dans son élan et s'est figé, parce que c'était tout simplement incroyable.

Ils étaient là, presque devant lui, dans un des coins, le dos tourné.

Deux êtres-robots.

Deux robots Kronos.

Kelf mit ses mains sur ses yeux et les frotta furieusement.

Quand il eut fini, il regarda.

Il n'y avait pas d'erreur.

Il fit un pas, un autre, hésitant, alors qu'un horrible soupçon commençait à s'emparer de son esprit, et il s'arrêta.

Devant lui, les Êtres-Robots ne bougeaient pas.

De vigilance...?

L'idée.

C'était horrible.

Kelf commença à reculer.

J'étais au même point de départ.

C'était comme si rien ne s'était passé... mais qu'est-ce qui devait arriver.

Il avait décollé de la Cité pour un voyage de millénaires, de milliers d'années-lumière, et se trouvait à la même destination... où tout était exactement pareil.

Les yeux écarquillés, un air de folie sur le visage, il commença à reculer pas à pas.

Alvia et Kelf...

Volmen et Frida.

Il se souvint quand les ténèbres engloutirent le navire sur cet horrible sommet Les étoiles, sans un seul point de lumière. Il avait atteint les extrémités de l'Univers, il les avait traversées entre une masse laiteuse de noirceur... et ce pic noir que pendant des années-lumière il avait traversé lui avait servi de pont, de tunnel entonnoir pour briser les barrières de l'Espace-Temps , reculant dans le Passé jusqu'à son époque

C'était... incompréhensible, mais c'est arrivé.

Il avait voyagé vers le Futur pendant des milliers d'années-lumière, depuis qu'ils l'avaient fait décoller de la Terre, expulsé de Kronos, pour retourner dans le Passé, enfreignant également toutes les lois qui soutenaient l'Espace-Temps.

Il a fait sa propre Epoque, où tout... continuerait de la même manière.

Il ne savait même pas maintenant si le navire avec Zholta continuerait derrière lui, si celui-ci serait revenu à son Temps... si lui, en marchant vers la Grande Cité, siège de Kronos, du Président, du Grand Conseil , avait brisé ces barrières... après avoir tracé une orbite de folie, pour ça.

D'un pas ivre, sachant que s'il restait, que s'il entrait dans la Grande Cité, malgré la connaissance des faits, il ne pourrait les empêcher de se répéter, puisque le cours de l'Histoire ne pouvait être changé, il continua à se retirer dans l'ombre. , tremblant, le visage tordu, vers le vaisseau interstellaire, ne sachant pas, comme il le pensait déjà, s'il était retourné dans le Futur.

Kelf a eu de la chance.

Il a fallu des heures, des jours et des mois à Zholta pour revenir à la réalité du moment.

C'était cette nuit-là, le serrant dans ses bras, lorsqu'elle lui chuchota à l'oreille :

« Nous retournerons sur ma planète Kelf, avec mon peuple... et j'aurai les enfants que je désire.

"Oui, tout ce que tu veux, Zholta" répondit-il en l'embrassant. Nous reviendrons à votre époque.

Elle a beaucoup ouvert les yeux.

"Mon temps...? Je ne te comprends pas, Kelf.

Il ferma les yeux, cachant sa tête contre son épaule robuste.

« Un jour... je t'expliquerai ça..., mais il n'a pas envie. Pas maintenant.

Je le ferais... mais c'était horrible...

Alvia et Kelf.

Alvia et lui-même.

Un retour dans le Cosmos... et tout était pareil.

FIN